우리가 사랑이라 말하는 것들

일러두기

· 본문에 삽입된 시는 각 저자의 시로, 따로 출처를 밝히지 않았습니다. 단, 노래
  가사의 경우 가수와 앨범명을 적어두었으며, 타 도서 인용 부분은 해당 출판사
  의 승인을 받고 실었습니다.

· 저자의 노래 〈유리숲〉, 〈우리가 사랑이라 말하는 것들〉은 71, 81쪽에 삽입된
  QR 코드를 통해 들어볼 수 있습니다.

우리가 사랑이라 말하는 것들

지은이 정현우 · 조동희
펴낸이 임상진
펴낸곳 (주)넥서스

초판1쇄 발행 2022년 12월 20일
초판2쇄 발행 2022년 12월 27일

출판신고 1992년 4월 3일 제311-2002-2호
10880 경기도 파주시 지목로 5
Tel (02)330-5500 Fax (02)330-5555

ISBN 979-11-6683-446-2 03810

www.nexusbook.com
&(앤드)는 (주)넥서스의 문학 브랜드입니다.

우리가 사랑이라 말하는 것들

정현우 × 조동희

&

**현우의
말**

편지를 쓰며 빗속에서 울고 있는 한 사람을 생각했어요. 그리고 슬픔과 신에게 기댈 수밖에 없는 인간이 무엇인지를 떠올렸어요.

　편지를 받고 쓰면서 우리가 기나긴 어둠 속에 엎드려 홀로 눈을 감아야 할 순간들이 많다는 것을 알았어요.

　겨울비가 내리는 길가로 나와 눈 감은 하늘을 올려다보았어요. 온 마음을 다해 사랑한 것들이, 다시 되돌려보고 싶은 장면들이, 놓기 힘들었던 사람들의 얼굴들이 자꾸만 떠올라 눈을 감아버렸어요. 두 눈을 가려야만 할 수 있는 것들이 너무나 많아져서, 더 멀리 볼 수 있는 것들이 많아지는 것 같아서.

　지금 내가 살아 있다는 것만으로 자꾸 알고 싶지 않은 감정들을, 눈을 뜨고 싶지 않은 마음을 알아야 하는 몫은, 눈감기 전까지 인간이 가진 죄이자 신이 준 선물이라는 생각이 들었어요.

　편지를 쓰면서 자주 뭉클했고 따뜻했던 이유를 이제 조금은 알 것 같습니다.

4

살아 있다는 것은 나눠 가질 수 없는 유일한 나만의 떨림. 숨을 쉬고, 누군가와 사랑을 하고, 누군가를 떠나보내고 아무렇지 않게 아침 볕을 쬐면서 걷다가 혼자 방 안에 누워서 내 심장 소리를 듣는 것.

　　울고 난 뒤에 두 눈이 따뜻한 이유는, 인간이 가진 눈물이 그렇게 뜨거운 이유는, 심장에서 흘러나온 투명한 고백이기 때문이겠지요. 눈물과 콧물이 범벅된 우는 얼굴로 그것이 사랑인지 슬픔인지 모르는 채 살아가는 것이라고. 그것이 우리의 전부이자 그러나 끝은 아니라고.

　　누나, 손끝으로 슬픔을 적으면
　　사랑이라고 끄적거리는 겨울이에요.

2022년 11월, 평택에서

정현우

눈 감는 일이 생각보다 어렵다는 걸 기도하기 전까지는 몰랐어. 졸음이 몰려와 눈이 스르르 감길 때, 햇빛이 눈부셔 눈이 찡긋 감길 때 말고는 눈 감는 일이 그리 많지 않은걸.

실눈을 뜨고 주위를 둘러보다가 누군가와 눈을 마주치면 얼른 다시 눈을 감고 손을 바로 모으던 예배당에서의 아침처럼, 나는 오늘 밤 스스로 눈을 감아본다.

좋은 음악을 들었어. 좋은 시를 떠올렸어. 그러니 어디선가 좋은 향기가 불어오고 마음속 아이도 내게 말을 걸어와.

외로웠던 걸까. 주변에 사람들이 많아 좋았어. 그게 내 자랑이었어. 나를 좋아하는 사람들이 곁에 머물러줄 때면, 그들을 실망시키고 싶지 않아서 노력했어. 더 좋은 사람이 되려고.

그러나 사람들은 섬 같은 것. 떠다니다 가까워지고 또 멀어지고 하는 것. 관계에서의 거리. 그 거리를 깨닫는 것이 관계의 답이겠지.

가깝게 지내던 사람이 멀게 느껴질 때마다 내가 뭘 잘못했나 생각하곤 했어. 하지만 어쩌면 그쪽에서도 나를 그렇게 느꼈을 수 있겠지. 그런데 말이야, 그 거리가 없는 게 우정 또는 사랑이라고 생각한다면 이미 상실감은 준비되어 있는 거야.

우리 사이에 적당한 거리가 있어야 물이 흐르고 햇살에 윤슬도 반짝이지. 그것을 인정하는 것은 성숙함이지 외로움이 아니라고, 내 마음이 속삭여.

이렇게 서로 다른 두 사람. 그 각자의 시간과 공감의 온도를, 나는 편지라 불러. 섬과 섬 사이 띄워 보내는 종이배. 별자리를 가로지르는 은하수.

우리가 사랑이라 말하는 것들이
우리를 살게 하듯이 말야.

2022년 11월, 광화문에서
조동희

차례

슬픔이 진주알처럼 빛날 때 ¶

(현우)로부터
(동희)에게로

스콜

현
우

누나, 오늘 저의 여름은 연두로 가득했어요.
이파리들이 저의 머리 위로 끝없이 흔들리고,
매미들이 울고.
칠 년 동안 잠을 자고 고작 일주일 동안 사는
매미들을 보면서
문득 그런 생각을 해보았어요.
우리는 왜 인간으로 태어났을까 하고요.

지금 창밖에는 비가 내리고 있어요.
누나, 이렇게 비가 내리면

저는 가끔씩 우산 없이 산책을 나서요.
그곳에서는 맹꽁이 소리도 들을 수 있고,
작은 땅강아지나 여치들도 만날 수 있어요.
그리고 어떤 비밀 의식처럼 신발을 벗고
맨발로 그 산책길을 걷곤 해요.
굳이 맨발로 걷는 이유는,
들리지 않던 소리들이
빗소리와 함께 들리기 시작하거든요.
이 비가 끝나고 나면 이런 생각들도 다 끝이겠지만,
내가 숨 쉬고 있다는 감각을 느끼게 돼요.

빗소리를 가만히 듣고 있으면
마치 박수 소리 같기도 하지 않나요?
이파리들 사이로 떨어지는 빗소리를 듣고 있으면요.
"지금까지 살아 있느라 수고했어" 하고
말해주는 것 같기도 하고요.
한 사람이 태어나서 사라지기 전까지의 시간이
긴 것 같다는 생각이 들기도 하지만,
저를 살아 있게 감각해주는 것들이
여름밤의 한철로 끝이 난다고 생각하면

인간의 삶도 그리 길지는 않구나 하고 곱씹게 됩니다.

죽음에 가까워진다고 생각하니 슬프기도 합니다.

저는 요즘 꿈속에 떠난 것들이 불쑥 찾아와요.

어제는 죽었던 저의 고양이와 강아지 그리고 새들이

한곳에 모여 있는 것을 보았어요.

꿈속에서 저를 가장 슬프게 했던 것이 무엇인지 아세요?

저를 올려다보던 그 슬픈 눈빛이

하나도 바뀌지 않았다는 거예요.

그래서 슬픔의 정의가 무엇인지 생각해보았는데,

꿈과 잠이라는 단어가 떠올랐어요.

인간으로 살아 있는 동안 잠은 필연적인 것이고

꿈은 꿀 수밖에 없는 것이잖아요.

이것은 마치 죽음을 연습하는 것 같기도 하고

만질 수 없는 기쁨을 만져보는 것 같다는

생각이 들기도 했어요.

누나는 너무 슬플 때 무엇을 하세요?

그리고 누나를 살아 있게 만드는 것들은

무엇일까 궁금해요.

제가 앞으로 얼마나 얼마의 시간을 감각하며

살아 있을지는 모르지만

제게는 시라는 것이 있어서

오늘도 슬픔을 듣고 기록합니다.

누나, 오늘부터 장마가 시작된다고 해요.

오늘 밤에 맨발 산책을 나갈까 고민하다가 멈추고

이렇게 편지를 써요.

요즘엔 빗소리 때문에 잠이 잘 오지 않네요.

여름비 속에서 썼던 시를 같이 보내요, 누나.

참, 그거 아세요?

가을비나 겨울비보다

여름비가 더 차갑고 슬프게 느껴진다는 거요.

그럼 이만 줄여요.

스콜*

옥상 위에서 유리를 꺼안고 뛰어내리는 사람.

너는 이마에 빗물을 맞고 서 있다.

인간이 가진 울음을 모두 흘릴 수 없다는 것을

무심히 뛰어내린 철로 위에서 괴로움을 나눠도 좋을 너를 그곳에 오래도록 세워두고 돌아온다.

우리는 거대한 침엽수 아래

빗소리를 듣는다.

잠기기만을 기다리는 마을과

수몰하는 나의 죄를,

단 한 번 수거해가는 감긴 두 눈을.

신의 손이라 아름답다고 말하면

어떻게든 이해가 되는 것,

기도하는 만큼 내 것이 아니게 되는 것,

왜 울고 난 뒤 두 눈은 따스할까.

그토록 뜨거운 심장을 가져본 적이 있다고 믿기 위해

늘, 그 자리 없는 것들은 빗소리가 난다. 먼 구름 아래,
검은 빗물, 박수 소리 같은 것들, 소리가 나지 않는 것과
소리가 나는 것으로 세상은 나뉘니까. 소리 없이 사람이
가고, 사랑하는 이들은 간밤의 꿈을 엎지른다. 언 손을
녹이던 가장 추운 겨울은 짧았다. 아, 두 뺨을 감싸며 빗
속을 걸어가던 밤이여, 잘 가, 라는 말 대신 차오르고 마
는 강수, 슬픔이 표정을 지을 수 있다면 네 눈빛을 하고,
빈 의자에 앉아 창가를 보는 사람이 너라는 것을 나는

안다. 모든 슬픔은 왜 위에서 아래로 떨어지는 걸까. 모
든 비는, 두 눈은,

너는.

이제 집에 가자.

빗속에 마주 서면 아무 말이 없고

빗소리는 들리지 않는다.

물끄러미 울고 있는 너를 본 것 같기도 한데.

겨울 창가는 겨울 볕이 잘 든다.

---

* 스페셜 커튼콜의 줄임말로, 기존의 커튼콜과는 달리 특정한 장면을 시연하고 관객이 그
  것을 촬영할 수 있게 하는 커튼콜

페트리코

동
희

웬만한 비에는 우산을 잘 쓰지 않는 버릇을
왜 들였는지 모르겠어.
손에 무언가를 들고 다니는 것이
거추장스럽다고 느껴진 건지
내가 비 사이로 막 갈 수 있다고 생각하는 건지.
뭔가 비를 맞으며 달려갈 때 짜릿한 쾌감이 있기도 해.
오늘도 별생각 없이 길을 나섰다가
왕구슬만 한 빗방울을 만났지.
후두두둑.
그것은 스미는 것이 아니라 몰아쳐 때리더라고.

마른 아스팔트 냄새가 났어.

사람들이 잊고 있던 도시의 냄새.

광화문 빌딩 숲 사이

수많은 한숨이, 웃음이, 넋두리가

모두 냄새로 변신해

수많은 빗방울 속으로 스며들었어.

이 냄새, 어디선가 맡아보았지.

좀 더 초록색의, 좀 더 축축한 그 향기.

언젠가 발견한 그 단어는

정확히 그 향기를 표현하는 신조어였어.

비 온 뒤 올라오는 흙 내음, '페트리코(petrichor)'.

나는 슬픔이 밀려오려 할 때 주로 잠을 자.

잠 속으로 도망치는 것일 수도 있지만

나는 그것을 기분 좋은 여행이라 생각해.

한여름 밤처럼, 그저 한철처럼

삶이란 어쩜 찰나인지도 몰라.

머나먼 우주의 어느 행성에 수천만 년 살아 있는 장미꽃이

우리를 본다면 더욱 그렇겠지.

슬픔은 내가 침몰하는 웅덩이 같아.

해가 나면 그 웅덩이는 언제 그랬느냐는 듯 마르고 말아.

그렇지 않은 적은 없었어. 내 어린 날의 기억 속에도.

어린 날의 놀이터엔 흙이 가득했지.

내게는 플레이 그라운드 중 '그라운드'가 더 중요했어.

일곱 살 때 잠실의 아파트촌으로 이사를 간 후로는

흙을 만질 수 있는 곳이 놀이터뿐이었거든.

특히 비 오는 날의 놀이터를 좋아했는데,

그때는 아이들이 모두 집 안에 머무는 날이기에

그네며 미끄럼틀이며 모든 놀이 기구가

온전히 나의 독차지가 될 수 있었기 때문이야.

비가 세차게 땅을 내리치며

작은 흙 웅덩이들이 여기저기 만들어졌는데

나는 그걸 바다라고 생각하며 놀았던 것 같아.

종이배를 띄우거나

동그란 물 그림을 하염없이 바라보거나 하면서.

어떤 날은 물방울 소리가

실로폰 소리 같다고도 생각했지.
세상의 소음 속에서 울리는 실로폰.

나는 가끔 눈을 감고 그 소리를 들어.
한없이 투명한 소리,
내 마음의 물동그라미 소리를.

다시 또 해가 날 때까지.

페트리코

주르륵 빗줄기 하나에
또르르 구르는 흙먼지

아침을 걷는 빗방울
하나둘 멜로디 될 때

포로로 펼치는 꽃잎은
초록의 노래에 답하고

저 땅 밑에서 가만가만

먼 꿈의 얘기 들려올 때

촉촉한 비 내음 톡톡 창을 두드리면

꿈꾸는 아이는 멀리 여행을 떠난다

하얗게 웃던 그 얼굴이

이제는 떠오르지 않아

먼 기억의 은하수 따라

내 슬픔은 바다로 흘러

촉촉한 비 내음 톡톡 창을 두드리면

꿈꾸는 아이는 멀리 여행을 떠난다

세상의 소음 속에서 울리는 실로폰

칠흑의 하늘가에는 어느새 무지개

주르륵 빗줄기 하나에

_2021, 장필순, 〈페트리코〉

잊혀진 것들에
기대어

\#
현
우

올 겨울에는 유난히 겨울 볕을 많이 올려다본 것 같아요.

눈부심과 빛의 잔상들.

길게 늘어진 나무 그림자들.

겨울 볕을 계속 보고 있으면

눈송이가 흩날리는 소리 같은 것들이 들려요.

저는 계절 중에 겨울을 가장 좋아하는데,

그 이유가 겨울에 내리는 눈 때문이기도 해요.

눈이 내리는 날에는

흰 목화솜 같은 것에 이불을 덮은 느낌이랄까

모두가 함께 이불을 덮는 느낌이랄까요.

겨울은 쇄락의 계절이기도 하고
무언가를 그리워하는 시간이기도 합니다.
꽃이 아닌 것들이 우리를 다시 피어나게 한다는 생각⋯⋯.
식물들은 겨울에 겨울눈이 중요하다고 해요,
겨울 가뭄을 덜어주기도 하고,
단열 효과 때문에
온도가 갑자기 변하는 것을 막아주기도 하니까요.

그러한 면에서 잊혀진 것들이 제게 힘이 되기도 해요.
우리의 온도가 영하로 떨어지지 않도록
우리의 슬픔이 더 춥지 않도록
계속 걸어야 하는 이유를 묻게 돼요.

눈송이들이 때로는 쌀밥처럼 느껴지기도 해서
눈 속을 걸어가고 있는 사람은
더 먼 곳으로, 더 따뜻한 곳으로 가는 것 같아요,
저를 슬프게 만들었던 것들이, 장면들이
제게 그대로 머물러 있어주길 바라서

겨울이 제게는 마냥 춥지는 않아요.

누나, 제게 끝이 있다면
핀란드의 어느 깊숙한 숲에서
눈보라들이 휘몰아치는 소리를
가만히 듣고 싶어요.

신은 한 번씩 우리를 쓰러트리는 것 같아요.
그리고 신을 올려다보고 알아보는 인간에게
눈빛이라는 것이 있기에
우리가 눈길을 계속 걸을 수 있다는 생각…….

그것을 사랑이라고 혹은 슬픔이라고
부르면서 말이에요.

겨울의 젠가

얼어붙은 호수 한가운데
우리는 목조 계단을 쌓아 올렸습니다.

신체의 일부를 보여주면서
손에 쥔 적 없는 마음을
밀어 넣으면서
눈을 마주 보면서
팔과 다리로 탑을 쌓았습니다.

사람의 마음과 마음 사이
폭설을 내려주시어
들어갈 수 없는 길을 알게 하소서.
한 토막의 슬픔으로
무너진 사람이
혼자 걷는 눈길을
사랑이라고 말하게 하소서.

눈과 눈 사이 거스를 수 없는 빛을
눈빛이라 부릅니까.

나에게
끝이 있다면

\#
동
희

핀란드의 어느 깊숙한 숲에서 눈보라들이 휘몰아치는 소리를 가만히 듣고 싶다는 너의 말에 스팅의 〈If On a Winter's Night〉 앨범이 떠오른다. 더햄 대성당에서의 라이브 앨범 영상을 보면 웅장하고 숭고한 성당에서 연주되는 중세 시절의 사운드와 아일랜드 느낌의 노래들이 마치 고전음악과 현대음악을 오가는 천사처럼 보여. 이 앨범은 현대인들을 위한 서늘한 자장가이자 차분한 캐럴, 견뎌야만 하는 겨울에 대한 찬가 같기도 해.

나무들이 겨울에 왜 잎을 떨어뜨리는지 아니? 살기 위해서야. 수분이 많은 잎을 떨어뜨리고 모든 수분을 뿌리로 보내서 나무가 얼지 않도록 빈 몸을 만드는 거야. 그 빈 몸으로 칼날 같은 겨울바람을 버텨내지. 작은 가지들이 바람에 날아가고 두꺼운 껍질만 남은 나무는 매끈한 몸이 되어 홀로 그 바람을 견뎌. 다시 살기 위해서, 다시 봄을 맞이하기 위해서.

그 위에 가끔 포근한 눈이 내려와 지친 몸을 덮어줄 거야. 차가운 눈송이들이 층층이 쌓여 바람을 막아줄 거야. 눈의 결정들이 반짝이며 겨울 노래를 부를 때 나무는 어느새 꽃을 틔울 준비를 하고 우리는 그 시간을 '기다림'이라 부르지. 그것은 '피어남' 때문일 거야. 다시 살아나는 생명들. 겨울의 흰색만큼 봄의 연두색은 눈부시잖니.

아, 나는 생의 마지막 곡으로 에릭사티의 〈Gymnopedie〉를 듣고 싶어. '벌거벗은 아이'라는 뜻.

그렇게 다시 처음으로 돌아가고 싶어.

〈겨울의 젠가〉, 노래가 된다면

얼어붙은 호수 한가운데
우리가 쌓은 하얀 계단

손에 쥔 적 없는 마음과
잡지 못할 바람을 보내주면서

나는 너의 눈을 보았어
다신 녹지 않을 것 같은 사람
우리 마음과 마음 사이
폭설이 내린다면
들어갈 수 없는 그 길을 알 수 있을까

한 토막의 슬픔으로
무너진 사람이
혼자 걷는 눈길을
사랑이라고 말할 수 있을까

꿈갈피

\#
현
우

꿈은 명사가 아니라 동사여야만 한다는 말을 어떻게 생
각하세요?

구체적이어야 하고 바로 움직일 수 있어야 하는 것들이
라는 말에 고개를 끄덕거렸지요. 그런데, 제가 노력하는
만큼 모든 게 이루어지면 참 좋을 텐데요, 세상은 제 노
력만큼 모든 걸 주지 않는 것 같다는 생각이 들어요.

오랜 시간 동안 준비했던 것들이 물거품처럼 되어버린
일들, 앞으로 더 많은 실패들이 저를 기다리고 있겠지만

요, 저는 무언가를 실패했을 때, 계속 적었어요. 왜 이번에 되지 않았는지, 앞으로 어떻게 해야 할지 계속해서 적으면서 새롭게 꿈을 꾸었던 것 같아요.

그리고 저녁에는 이불 속에서 아무것도 안 하고 누워만 있기. 저는 이불 속에 있으면 정말 한없이 잠만 자요. 딱 하루만요.

아침이 되면 이불을 개키고 제가 가장 빠르게 눈앞에서 할 수 있는 것들을 찾아서 했던 것 같아요. 설거지하기, 강아지와 산책하기, 책들 가지런히 꽂아놓기, 바로 눈앞에 변화할 수 있는 것들 말이에요.

엄청 사소하기도 하지만, 이렇게 움직이며 앞으로 해야 할 것들이 하나씩 보이기 시작하면서 움직일 에너지가 생겼던 것 같아요. 잘하는 실패가 있기는 한 것이구나 끄덕거리면서. 아직도 제게는 어렵기만 하지만요.

누나는 어떤 일에 실패했을 때 어떻게 하나요?

꿈은 언제나 망가진 장난감 같아요. 그런 꿈의 속성을 생각해보면 우리의 삶이 무엇을 꼭 이뤄야 하는 건 아니라는 생각이 들어요. 때로는 망가진 장난감이 더 아름다울 때가 있다고 생각해요. 그래서 꿈은 실패가 없어요. 과정만 있을 뿐이고. 그러니, 내가 그 시간에 가장 간직하고 싶은 기억들을 온전히 접어두려는 마음만 있으면, 그것으로도 충분해요.

꿈갈피

알아, 네 눈빛은 어렴풋이 더듬게 되는 페이지, 우리 사이 끼워놓을 수 있는 꿈을 꿔. 잊힐 듯 말 듯 똑같은 꿈 속으로 깜빡이는 꿈을 꿔. 너는 어둠이 죽는 마지막 자리. 매미 울음이 숲을 통째로 옮겼다.

슬픔이 지나간 자리

#
동
희

'꿈은 명사가 아니라 동사여야만 한다'라는 말.

'꿈'이란

무엇이 되는 것이거나 그 어떤 자리가 아니라

'가야 할 방향'이 아닐까 생각해.

어떻게 살아가는지, 그 살아가는 모습, 지향, 태도 같은 것.

꿈은 동사이기에 이루거나 사라지는 것이 아니라

내가 죽는 날까지 함께 걷는 친구인 거지.

내가 되고 싶은 것이 있다면

그것이 되고 나서 '무엇을 할지'가 꿈인 거지.

거기까지 가기 위해 수단과 방법을 가리지 않는 것이
꿈이라고 생각하지는 않아.

그렇기에, 실패란 어쩌면 내가 시도한 흔적이 아닐까?
실패가 두려워 아무것도 하지 못하는 사람들이 많잖아?
나도 그런 적이 있었고.
하지만 한 번에 모든 걸 이루고 그 답을 알게 된다면
그 얼마나 재미없는 인생이겠니?
문은 두드리고 밀어보아야 약간 열리고
그래야 그 안을 조금이라도 들여다볼 수 있는 것.
무엇이든 시행착오만큼 좋은 공부는 없는 것 같아.

나는 어떤 일에 실패했을 때,
아, 아직은 때가 아니구나 생각해.
나한테 필요한 실패가 지금 온 거구나 하고
마음의 한 귀퉁이를 살짝 접어놔.
잊지 않기 위해서.

나도 비슷한 것 같은데?
이불 속에서 누워만 있는 시간.

나는 불행인지 다행인지 잠을 정말 잘 자.

어쩌면 졸음이 나를 덮칠 때까지 버티는 걸 수도 있지만

웬만한 날이 아니면 바로 잠에 빠져들어.

'웬만한 날'이란 건 주로 중요한 날 전날.

어릴 적의 소풍 전날, 대학 입시 전날, 공연 전날 등.

미세한 긴장과 설렘이 수많은 공상들을 불러와서

계속 생각에 생각이 꼬리 물고,

결국 아침 해를 보곤 하지.

그런 날들이 아니고는

콩 뿌려놓은 곳도 가리지 않고 잘 잠들고

동물들이 겨울잠 자듯 푹 자는 편이야.

특히 슬픔이 나를 덮치는 날,

자괴감이 나를 괴롭히는 날에는

빨리 잠을 청하는 편이야. 꿈속으로 도망을 가는 거지.

한숨 자고 나면 다시 하루가 밝아 있고.

햇볕에 내놓아 마른 듯이.

내 슬픔은 어제의 무게가 아니니까.

나는 그걸 '달팽이잠'이라 불러.

슬픔이 지나간 자리

우르르 밀려온 바람에
꽃잎이 떨어지면
멀리 파도는 춤추네

새들이 날아든 나무에
달빛이 내려오면
너의 이름을 기억해

추억이 아프게 몸을 부비며
깨어진 조각을 끌어 모은다
끝없는 달팽이잠
달아나는 나를 찾아서

우리의 슬픔과 겨울이란 건
누구나 견뎌야만 하는 시간
끝없는 시련 속에
내 마음이 사그라질 때

나 이렇게 노래해

또 하루를 살아내려

홀로 서는 나

무너져 내리지 않게

느리게 걸으면 보이는

계절의 손짓은

꿈의 멜로디가 되어

추억이 아프게 몸을 부비며

깨어진 조각을 끌어 모은다

끝없는 달팽이잠

달아나는 나를 찾아서

나 이렇게 노래해

또 하루를 살아내려

그저 그런

내 모습에 나약해질 때

나 이렇게 노래해

또 하루를 살아내려

홀로 서는 나

무너져 내리지 않게

슬픔이 지나간 자리에

햇빛이 쌓여가면

다시 오늘을 깨우네

_2022, 이승열·스텔라장, 〈슬픔이 지나간 자리〉

인간과 신

누나,

종교가 인간이 만든 완벽한 가상 세계라는

말을 들은 적 있어요.

그러니까, 종교라는 완벽한 가상 세계를 만들기 위해서

문학, 음악, 미술은 완벽한 재료들이라는 것이죠.

제가 문학을 하는 이유도

어쩌면 볼 수 없는 것에 대한 믿음을

더 확고하게 하는 것일지도 모른다는 생각을 해봤어요.

에리히 프롬이 쓴 《존재의 기술》에서
인간의 본성은 인간의 성장과 자기완성에 도움이 되는
그러한 욕구들이라고 하는 부분에서
저는 동의를 하기도 하고 동의가 되지 않기도 했어요.

인간이라는 생명체가 죽을 때까지
미완성으로 만들어져 있기 때문이라는 생각도 들지만
이 넓은 우주에서 오롯이 지구에서만
생명체가 살아 있고 그 너머의 것들이 없다는 것은
정말 편협한 생각이 아닐까요.
제 곁에서 살았던 것들을 다시 만날 수 있다는
그 아름다운 믿음으로 살아가는 제게
저 너머의 세계가, 천국이 그리고 신이 없다면
정말 슬플 겁니다.

누나는 어느 계절이 가장 좋은가요?
저는 성탄절이 있는 십이월이 제일 좋아요.
크리스마스를 준비하는 과정이 너무 좋고,
트리에 전구를 감는 것도,
전구를 가만히 보고 있는 것도,

계절이 주는 냄새도 좋아요.

ps. 모든 슬픔은 왜 한꺼번에 울 수 없을까요. 천천히 슬픔을 하나씩 세라고, 우리를 떠날 것들, 우리에게 일어난 것들을 기억하라고. 신이 인간에게 준 숙명 같은…….

꿈과 난로

이파리가 가늘게 가지들을 낭독한다

불 꺼진 난로, 은색 주전자,
입김은 사라진다

모든 슬픔은 한꺼번에 울 수는 없나
아, 난 죽은 사람

숨을 거두어가는 일이
새를 데리러 오는 일이
나에게도 일어난 것

신의 선물

\#
동
희

너의 첫 시집 《나는 천사에게 말을 배웠지》 중에 아버지에게 혼나고 도망쳐서 성당으로 간 이야기 있지? 그 부분을 읽고 떠오르는 장면이 있었어.

초등학교 4학년 때였나. 집에 아무도 없고 근처 도서관에 가서 책을 끄적이다가 돌아오는 길에 동네 성당에 들어섰는데 아무도 없는 예배당이 참 아늑해 보였어.

혼자 맨 앞자리에 앉아 예수님 십자가를 바라보고 있는데 그때가 마침 개와 늑대의 시간이었던 거야. 낮과 저녁

의 이어짐. 그사이의 붉고 푸른빛. 그리고 내 오른쪽 뺨
으로 스테인드글라스를 통과한 그 빛이 와 닿았지. 그 조
각난 아름다움은 빨갛고 파랗고 노랗고 하얗게 예배당
을 뒤덮었어. 나는 마치 만화경 속에 들어와 있는 듯 그
천연색의 어지러움에 고요히 흥분했어. 그건 바다 같았
고, 하늘 같았고, 엄마 배 속 같았고, 천국 같았어. 이때
의 기분 덕분에, 나는 스테인드글라스만 보면 고요한 흥
분감에 사로잡혀.

그때 예배당 입구 쪽에서 나지막한 목소리가 들려왔어.
"애, 교리 공부 할래? 하고 나면 간식도 주는데."
수녀님의 목소리에 나는 뭔가에 이끌리듯 교리 공부 교
실로 들어섰고, 내용은 기억나지 않지만 끝나고 두 손에
쥐여진 꿀꽈배기 맛은 지금도 잊지 못해.

종교란 나에게 그런 것이었어. 쉴 곳. 이데올로기도, 이
분법의 대상도, 옳고 그름의 대상도 아닌, 그저 포근한
이불 같은 것. 인간이 만든 완벽한 가상 세계라 해도, 내
게는 영혼의 도피처 같아. 영혼의 영역이라고 끝까지 믿
고 싶기에 종교가 비즈니스화 되는 뉴스에 애써 귀를 닫

느지도 모르겠어.

신은 내가 필요할 때마다 그 자리에 꼭 있어주는 그런 존재. 이기적인 이유에서 말이야, 이기적인 자신을 안다는 것, 그게 '인간적'인 게 아닐지.

나는 십일월을 좋아해. 아침 등굣길, 작년에 넣어놓은 나프탈렌 향이 배어 있는 스웨터를 꺼내 입고 입김을 호~ 불며 걸으면 그때부터가 겨울 같아.

그 서늘한 하얀색 향기가 내 심장으로 들어올 때면 나는 하늘에게 기도해. 올 크리스마스에는 동화처럼 예쁜 일이 생겼으면 좋겠다고. 눈이 펑펑 내리면 좋겠다고 말이야. 어쩌면 그것은 신이 우리에게 주는 가장 큰 겨울 선물일지도 몰라.

귀를
기울이면

\#
현
우

누나, 라디오 작가로 일한 지 벌써 십 년이 되었어요.

제가 라디오 작가가 되기로 결심하게 된 것은

MBC 라디오방송 〈별이 빛나는 밤에〉에 시를 보냈다가

디지털피아노를 받았던 사건(?) 때문이었어요.

주제를 주고 백일장 같은 대회를 열었는데

제가 거기서 장원을 했답니다.

원래는 디지털피아노를 받기로 했는데,

의류 상품권으로 바꿔서 주면 안 되냐는 작가의 말에

저는 꼭 디지털피아노를 받고 싶다고 어필했던 것도

기억이 나요.

자연스럽게 시 쓰는 능력을 알게 되었고
문득 저 라디오 속으로 들어가고 싶다는
생각이 들었어요.

버스를 타고 집으로 가는 길에서 들었고,
밥을 먹으면서도 들었어요.
종이 위에 장르가 없는 글들을 끄적일 때에도,
일기를 쓸 때에도,
창밖에 비가 내리는 날에도 들었고요.
그러다 보니 어느새 제가
라디오 속에서 일을 하고 있더라고요.

라디오 작가로 일을 하면서 가장 좋았던 것은
소통할 수 있는 글을 쓸 수 있다는 점
그리고 다양한 청취자들의 사연을
들을 수 있다는 거였어요.

한 청취자 사연 중에 가장 기억에 남았던 것은

시각장애를 앓고 있는 소녀의 사연이었어요.
글씨를 정말 가지런하고 예쁘게 써서
편지를 보내왔더군요.
한쪽 눈 시력마저 점점 잃어가고 있지만
라디오로 오늘의 기쁨을 듣기 위해서
살 것이라는 그 소녀의 말이
제게는 슬픔과 기쁨이 교차되는 감정으로 밀려왔답니다.

인간의 귀는 들을 수밖에 없는
수동적인 기관이라는 생각,
그렇지만 누구보다 주체적으로 움직일 수 있고
들을 수 있다는 마음.

'귀를 기울인다'라는 말은 참 다정하다는 생각이 들어요.
귀를 기울이는 그 다정하고 비스듬한 모습이 저는 좋아요.
그렇게 다정히 귀를 기울이다 보면
나를 그토록 무너트렸던 것들이
어느 순간 아무렇지 않게 다가올 때가 있어요.
요즘엔 겨울이 오는 소리에 귀를 기울여보고 있어요.

겨울 소묘

겨울 창가,
식물의 팔꿈치는 꿈은 없고 팔만 있다.

마른 선인장,
건들지도 않았는데 떨어지는 가시,
빛에 찔린 겨울 창나무들은
긴 잠에서 깨지 못하고
내가 나를 알아볼 수 없도록
창밖은 곧 떨어져 죽을 것 같은 것들이
뒤돌아 나를 본다.
라디오가 꺼진다.
가끔 슬픔은 잡음처럼 들린다.

라라,
라디오

\#
동
희

처음 네가 페이스북 메시지로 말 걸었던 아침이 생각나.

프로필에 라디오 작가로 써 있길래

언젠가 내가 나갔던 방송의 작가인가 생각했지.

그런데 그게 아니라

같은 감독의 영화음악 작업에 참여하며

네가 내 음악을 듣기 시작한 거라고 했을 때,

용기 내어 노크해주고 첫 시집을 보내준 것에

고맙다는 생각이 들었어.

그리고 시를 쓰며 십 년 넘게

작가 일을 유지하고 있다는 것에

참 대단하다 생각했지.

이상과 현실의 밸런스를 잘 지키고 있구나 하며.

〈별이 빛나는 밤에〉는 나도 자주 듣던 라디오방송이야.

라디오 속에서 세상을 알았다고나 할까?

라디오는 나에게 가장 소중하고 늘 아쉬운 친구였어.

그런 라디오에게 나는 노래를 만들어줬지.

라디오 시리즈로,

80년대, 90년대, 2000년대 사운드를 담아

다른 뮤지션들과 편곡했어.

노래가 된 가사는 조금 달라졌지만

〈라디오〉라는 노래의 처음 시작은

이런 글로부터 시작되었어.

내 고마운 친구 라디오에게 주는 편지.

라디오에게

졸린 아침의 푸른 냉기
먼지 앉은 작년 스웨터를 꺼내 입고
입김으로 그림을 그리며 걷던 등굣길
얇게 굳어 있는 얼음 위
내 귀에 흐르는 웸의 노래
라라, 라디오

교실 곳곳엔 기침 소리
시린 손 녹여주던 친구
포근한 정오의 햇살에
순수만으로 반짝이던 우리
이어폰 한쪽씩 꽂고 듣던 퀸의 노래
라라, 라디오

가슴이 답답할 땐 장롱 속에
겨울 코트 사이에
얼굴을 묻고 노래했지
항상 라디오에서만 듣던 노래

내 맘 달래주었던 너
라라, 라디오

독서실 가는 길
쪼그려 앉아 한참을 들었네
동네 레코드 숍 스피커 앞에서
가슴 쿵쿵 울려오던 핑크 플로이드
심장을 흔들어주던 너
라라, 라디오

내 친구였던
내 설렘이었던
내 위안이었던
내 기다림이었던
노래가 소중하던 시절
라라, 라디오

_원곡 2020, 조동희, 〈라디오〉

볕뉘

\#
현
우

누나, 저는 윤슬이라는 단어를 참 좋아해요.
햇빛이나 달빛에 비치어 반짝이는 잔물결…….
근래 들어서 볕뉘라는 단어도 자주 떠올리는데
작은 틈을 통하여 잠시 비치는 햇볕 같은 것들이래요.

볕뉘가 쏟아지는 유년의 숲을 떠올려보면
오랜 시간을 살았던 검은 고양이가
누워서 낮잠을 자고 있고
그 위에서 떨어질 듯 말 듯 달려 있는
능소화의 흔적들을 가만히 따라가보면

한없이 고요한 정적들, 주황색 빛을 헤엄치는 기억들,
알 수 없는 안도감,
아카시아 향기가 가득 날리던 구멍가게를 지나,
가재들이 가을볕을 쐬러 집게발을 비스듬히 올릴 때,
개울물에 발을 담그면 슬며시 들어 올려진 기억들,
너무 투명해서 눈이 부시던 가재 알,
저는 햇빛의 색깔인 주황색 기분을 느껴요.
맘속 깊은 자리에서 잠들어 있을 것만 같아서
흔들어 깨우면 일어날 것 같기도 해서
어느새 밀려온 것들이 눈물을 밀어 올린다는 생각……

우리가 눈물을 그칠 수 없는 것은
갈비뼈에 슬픔 같은 것들이
진주알처럼 끝없이 박혀 있기 때문이에요.
그러니 우리는 눈물을 지우려 해도 지울 수 없어요.

슬픔을 들키면 슬픔이 아니듯이

　용서할 수 없는 것들을 알게 될 때 어둠 속에 손을 담그면 출렁이는 두 눈, 검은 오늘 아래 겨울이 가능해진 밤, 도로에 납작 엎드린 고양이 속에서, 적막을 뚫고, 밤에서 밤을 기우는 무음, 나는 흐릅니다. 겨울 속에서 새들은 물빛 열매를 물어 날아오르고, 작은 세계가 몰락하는 장면 속 나는 흐릅니다. 풀잎이 떨어뜨리는 어둠의 매듭이 귀와 눈을 먹먹히 묶고, 돌과 층층이 쌓이는 낮과 밤으로부터 이야기하자면, 죽음은 함께할 수 없는 것, 그러니 각자의 슬픔으로 고여 있는 웅덩이와 그림자일 뿐입니다. 묘 앞에서 머뭇거리는 것이 있다면, 바깥에 닿는 비문. 발소리를 듣는 동안, 괄호를 치는 묵음은 그들이 죽인 밤을 기록하는 서(恕), 그림자는 순간 쏟아지는 밤의 껍질, 우리를 눕히는 정적입니다. 흐르지 않는 것이 있다면 나의 죄와 형벌, 지우고 싶은 묘비명 같은 것이나 수렵은 시작되었고 검은 고요로 누워 흘러갈 뿐입니다. 간밤의 꿈을 모두 기억할 수 없듯이, 용서할 수 있는 것들도 다시 태어날 수 없듯이, 용서되지 않는 것은 나의 저편을 듣는 신입니까. 잘못을 들키면 잘못이 되고 슬픔을 들키면 슬픔이 아니듯이, 용서할 수 없는 것들로 나는 흘러갑니다. 검은 물속에서, 검은 나무들에서 검은 얼굴을 하고, 누가 더 슬픔을 오래도록 참을 수 있는지, 일몰로 차들이 달려가는 밤. 나는 흐릅니까. 누운 것들로 흘러야 합니까.

눈물
한 방울의 힘

\#
동
희

혹시 강아지의 눈물을 본 적이 있니?

우리 강아지 아이리스는 켄넬에서 아기를 낳는 모견으로 지내고 있던 중에 나를 만났어. 사정상 내가 임시 보호를 하게 되었고, 그 후 다시 그곳으로 돌아가지 않아도 된다는 통보를 받고 우리랑 같이 살게 되었지.

함께 살면서도 육 개월 정도는 불안과 불신이 가득한 눈빛이었어. 여느 개처럼 애교를 부리지도, 가까이 오지도 않았어. 그러다가 집을 나가기를 두어 번. 아이리스를 찾으러 온 동네에 '강아지를 찾습니다' 포스터를 백 장다 붙이고 돌아오는데, 그간 잘 못해주고 헤어져버린 것같아 너무 눈물이 났지. 기도도 엄청 열심히 하고.

그런데 이틀 후, 옆 동네 아파트 경비아저씨가 연락을 해온 거야. 포스터에 있는 강아지가 아파트 계단에 앉아 꼼짝을 않는다고. 아이리스도 충동적으로 집을 나갔다가이틀간 이 아파트 저 아파트 몹시 찾아다닌 모양이야.

결국 우리는 다시 만났고, 그때 이후로 아이리스는 집을나가지 않아. 그때 그 반가움의 표정, 눈물이 그렁그렁한 얼굴이 아직도 기억나.

최근 생물학 저널 《커런트 바이올로지》에 실린 연구 결과에 따르면, 강아지가 보호자를 한동안 보지 못하다가다시 만나면 눈물이 고인대. 이 눈물은 애착 호르몬인'옥시토신'의 작용 때문이고. 반려견 스무 마리로 테스트를 해본 결과라니 어느 정도 신빙성이 있지?

사랑의 눈물은 사람만 흘리는 줄 알았는데 강아지도 반

가뭄의 눈물은 흘릴 줄 안다니 왠지 반갑고 다행인 기분이 들어.

최근에 이어령 선생님의 책을 읽고 또 읽었는데, 거기에는 주 화두가 '눈물 한 방울'이야. 멸망해가는 예루살렘을 위한 예수의 눈물, 골짜기 외로운 풀을 보고 흘리는 공자의 눈물, 길거리 죽어가는 이들을 위한 석가모니의 눈물. 우리에게 필요한 것은 타인을 위한 눈물 한 방울이라고 죽음을 앞둔 선생님은 거듭 말씀하셔.

눈물은 기대어도 될 만큼 안전한 투명막과 같아서 마음의 벽에 붙은 미움의 찌꺼기들을 모두 쓸어 내려가게 해.

개울물에 발을 담그면 슬며시 들어 올려진 너의 기억들사이로 눈이 부시던 가재 알처럼, 나에겐 슬픔을 알기 전부터 눈물을 끌어 올리던 것들이 있어.

수많은 동화 속 엇갈리고 살아나는 사랑 이야기. 그 속에서 나는 공주도 되었다가 백조도 되었다가 마녀도 되면서 투명한 꿈을 꾸었지. 〈라푼젤〉 기억나니? 〈미녀와 야

수〉는? 마법에 걸린 왕자를 주술에서 풀려나게 하는 데
는 역시 진실한 눈물만 한 게 없다니까. ^^

선택하는
삶

현
우

'이때 이런 선택을 했었더라면'이라는
가정을 많이 했던 것 같아요.

결정을 내리지 못해서 수없이 밤잠을 설치고
선택을 해도 그것이 맞는지 다시 또 고민을 하게 되고
결국엔 결론을 지을 수 없는 이야기의 연속들…….

누나, 오늘을 선택하는 것이 쉬운 일이 아닌 것 같아요.
그럼에도 오늘을 살아가야 하는 우리는
하루살이 같기도

참 나약한 존재 같기도 합니다.

저의 나약함은 시로 더 강해지지 않았을까 해요.

저의 삶에서 가장 큰 선택은

노래와 시 중에서 선택하는 것이었어요.

스무 살에 노래를 계속 부를 수 있는 기회들이 있었는데,

사람들 앞에서 노래하는 것이

쑥스러웠던 소년이었기 때문에

무대에서 노래한다는 것은 상상도 하지 못할 일이었어요.

그렇지만, 이것 하나는 증명하고 싶었어요.

"너는 노래하는 목소리가 왜 그 모양이니?"라는 말에

'누군가 나의 노래도 아름답게 느낄 수 있구나' 라는

가능성을요.

그래서 TV 오디션에도 나가고

라디오 오디션에도 나가서

앨범을 낼 수 있는 기회들을 얻었고요.

음원 차트 1위라는 신기한 작은 기적도 경험해보면서,

내 목소리가 이상한 게 아니었구나

내 목소리를 찾는 사람들이 있구나

용기를 냈어요.

결국 시를 선택해서 흘러가고 있는 저의 삶을 존중해요.

잘 선택했다는 생각도 들고요.

시가 커다란 황금을 주지는 않지만,

저의 영을 맑게 해주거든요.

아마 제가 노래의 길을 선택했더라면

많은 것들을 보고 느끼지 못했을 거예요.

ps. 끝없이 선택해야 하는 우리의 삶이 가혹하게 느껴지기도 하지만. 마음은 온전히 가질 수 없어서 유일하게 아름다울 수 있는 거겠죠.

노래는
시로부터

동
희

'카운터테너'라는 단어는 너를 만나고 처음 알게 되었어.

카운터테너: 정상적으로 변성기를 거친 뒤 가성만을 이용해 노래하는 남자 성악가를 말한다. 변성된 음성과 가성을 모두 낼 수 있다. 카운터테너는 중세 이후 여성의 목소리를 억압했던 과거 역사가 빚어낸 비극의 산물이기도 하다.

말하는 목소리도 고운데 예전에 노래를 했었다고 해서 '어, 이 친구 라디오 작가인 줄 알았더니 시도 쓰고 노래도 했다고? 뭐지?' 하고 너라는 사람의 발자취가 궁금해졌지.

너와 얘기를 나누고 그 궁금증들을 풀며 나는 더욱 물음표가 늘었어. '그 어린 나이부터 그렇게 다양하게 열정을 갖게 된 계기가 뭐였을까?' 하고.

심지어 시로 상을 계속 받고, 노래로 오디션 프로그램에서 입상도 하면서 둘 다 너무 잘하는 것을 입증받았을 때노래와 시 중에서 선택해야 했다니. 너에겐 쉬운 일이 아니었겠다.

그런데 그거 아니?

노래는 시로부터
시는 노래로부터 왔다는 사실.

그 옛날의 기록을 보면, 닭이 먼저인가 달걀이 먼저인가할 정도로 노래와 시는 처음부터 긴밀했고 자연스레 뿌리를 함께하고 있어. 그것은 인위적으로 만든 것이 아니라 사람이 살기 위해 일하고 쉬고 하는 가운데 마치 숨처럼 생겨난 것이지.

장르를 구분한 건 후세에 기록을 위해 문헌을 남기면서부터이고 원래는 시를 읊다가 노래가 되고 노래를 부르던 것을 받아 적으며 시가 되었다고도 해.

사람들이 다 다르듯이,
사람들의 목소리도 다 다르기에 하모니가 생겼지.

너의 목소리가 높고 곱다고 놀렸던 사람들에게 너는 멋지게 증명을 한 거야. 너만이 가진 그 목소리는 누구보다 아름답다고. 노래가 되지 못할 것은 아무것도 없다고.

유리숲

현
우

누나랑 작업했던 〈유리숲〉은
정말 신기하고 영광스러운 작업이었어요.

제가 글을 쓸 때 항상 틀어놓았던 노래가
장필순 선배님과 조동익 선배님의 노래였거든요.
장필순, 조동익, 조동희 세 분이 그리는 세계관이
삼위일체라고 생각했어요.
특히나 장필순 선배님의
가을 낙엽 위로 영혼을 감싸는 듯한 목소리를 들으면
사랑에 빠질 수밖에 없다고 생각해요.

장필순 선배님은
지금도 여전히 저의 고막 여신이자 친구이지요.

맨 처음에 조동익 선배님에게 곡을 받았을 때
약간 정신이 어질어질했어요.
먼 우주를 여행하는 느낌이기도 하면서 아름다운데,
이 곡을 어떻게 불러야 할지,
잘 못 부르면 어떻게 해야 하지,
어떻게 소화를 해야 하나 엄청나게 고민했어요.
〈유리숲〉 후렴구가
고음역대를 몇 번만 내는 것이 아니라
연달아서 내야 하는 음역대라
가이드를 들어도 감이 오지 않았거든요.

그런 불안의 밤을 며칠을 보내고
대망의 녹음 날.
정말 가만히 있어도 손발이 얼어붙을 정도로
추웠던 것 기억나세요?
외투를 벗고 들어가 녹음을 시작했고,
긴장을 하는 제게

"현우야, 고음은 울음 같은 것이어야 해.
눈처럼 순수하게 불러보렴."
누나의 그 한마디에 무사히 녹음을 마칠 수 있었어요.

노래를 불러보면서 알게 된 것인데,
시가 누나의 리듬과 숨으로 바뀌는 순간
시에서 쉽게 주지 못하는 직관적인 감정들과
섬세한 기분들이 표현된다는 것이 신기했어요.
〈유리숲〉을 듣고 있으면
누군가 먼 꿈으로 데려가기 위해서
우리를 재운다는 생각이 들어요.
이 많은 꿈과 잠은 누구의 몫일까요.
꽃잎의 가장자리 같은 것일까요.
꺾을 수 없는 마음 같은 것들,
깨트릴 수 없는 마음 같은 것들이요.

노래 〈유리숲〉

그 겨울의
투명한
숲

그날 기억나, 정말 추운 날이었어.
녹음실 안에 입김들이 떠다녔지.

나는 녹음실에서의 긴장을 좋아해.
그것은 흡사 산부인과에 들어가는
산모의 느낌과도 같을 거야.
뜻대로 잘 안 되어 고통스럽고 극도로 예민해지지만
한편으론 새로운 생명을 맞을 기대와 설렘이 있지.

전에 없던 것이 나타나는 것.

창작의 기쁨이지. 그 작품은 하나뿐이니까.

아이와 마찬가지로,

낳은 후에는 다시 주워 담을 수 없는 시간이기에

더욱 소중하고 정성스러워야 해.

며칠 전, 궁금해서 한번 세어봤어.

정규앨범 2장, EP 1장(Extended Play. 미니앨범),

싱글 11개, 컴필레이션 음반 6장, 콜라보레이션 4장.

이렇더라고.

삼십 년 가까이 음악 활동을 한 사람 치고는 많지 않지?

하지만 스무 살 때부터 노래를 한 게 아니고

작사가로 시작한 거였으니

작사로는 140곡 정도 등록되어 있더라.

중간에 육아를 하며 칠 년을 쉬었으니

그래도 내 속도에 이 정도면 열심히 살았다고,

스스로 토닥여주곤 해.

요즘엔 한 노래를 두 명의 남녀 가수가

다른 편곡으로 부르는 '투트랙 프로젝트'를

기획하고 진행하며

녹음실을 자주 가는 편이야.

좋아하는 가수들의 목소리, 좋아하는 연주자들의

아름다운 사운드들을 듣고 진행하다 보면

'아, 나 성공했네' 하는 생각이 들어.

내가 음악을 안 했다면

이 멋진 사람들을 어떻게 만날 수 있었겠어.

개인적으로 팬인 아티스트들과 함께 작업을 하니

힘든 일이 덜 힘들고 너무 보람 있어.

정현우의 보컬 디렉팅 때도 마찬가지야.

이렇게 아름다운 시를 쓰는

시인의 목소리를 더욱 돋보이게,

본연의 매력을 열어 보여주게끔 해야 했거든.

너의 시처럼 '천사에게 말을 배운' 듯이

이 세상 것이 아닌 듯한 그 목소리를

어떻게 효과적으로 들려줄까 하는 고민이 많았어.

이 톤에서 주로 선택할 장르인

팝페라 느낌으로 가는 건 원치 않았고,

'파리 나무십자가 소년합창단' 느낌이 나오길 원했어.
너의 글이나 목소리 모두 겨울에 어울렸고
홀리(holy)한 오라가 있거든.

결과적으로. 나는 만족스러웠어.
너는 몹시 고생을 했지만. ^^

네가 쓴 시의 소개를 참고하여 곡 소개를 이렇게 썼었지.

중성적이면서도 몽환적인 정현우의 음색이 뮤지션 조동익, 조동희와 만나 신비롭고 묘한 매력을 가진 음악으로 탄생되었다. 문학적 음악을 모토로 작업한 곡 〈유리숲〉. 한국에서 흔히 접하기 어려운 북유럽 숲처럼 깊고 높은 매력을 느낄 수 있다. 인간의 영혼을 물질로 표현한다면 유리에 가장 가까울 것이다. 정현우가 읊조리듯이 안내하는 〈유리숲〉에는 서글픔과 기쁨 그리고 울음이 있다. 깨질 수 있기에 아름답고 유한하기 때문에 간절할 수밖에. 가닿을 수 없는 감정은 빛과 유리로 만들어진 숲을 걷는 일이고, 나약한 인간은 그 빛으로 반짝하고 마는 '꿈을 지키기 위해서 눈을 감을 수밖에' 없다.

정현우와 조동희가 함께 지은 유리숲을 거닐다가 조동익이 불러온 안개들을 밟고 따라가보면 결국 물속에 들어와 있는 기분이 들 것이다. 인간으로서 온 우리가 할 수 있는 일은 올려다보는 일. 수면 위로 맺히는 빛을 올려다보듯이. 인간으로서 할 수 있는 것은 기도와 노래이듯이.

유리숲

먼 꿈인 듯, 내 곁인 듯
어린 손끝은 슬픔을 불러오네

내 – 두 눈에 그대 있어
나는 이 꿈을 지키려 두 눈을 감아

저 유리숲을 깨트리면
그대가 그대로 내 품에 돌아올까

아 – 꽃이 져도

아 – 내 사랑이여

구름 너머 달이 지네
나의 눈물은 투명한 얼음 편지
내 시간들을 깨트려도
그대는 꽃으로 온 걸까 알 수 없네

아 – 약속 없이
아 – 사랑하고

아 – 꽃이 져도
아 – 내 사랑이니

_2021, 정현우, 〈유리숲〉

네가 쓴 시로 나는 아름다운 가사를 쓸 수 있었으니
노래는 시로부터 온 것, 맞지?

사랑이라고
부르는 것들

\#
현
우

누나, 오늘은 우리가 사랑이라고 말할 수 있는 것들을 적
어보고 싶어서요.

고드름 속에 거꾸로 달린 햇살, 그것을 올려다보는 한 사
람, 눈부신 겨울 볕, 가끔 누군가를 그리워하는 시간, 손
가락으로 가리면 묻어나는 울음, 네가 걸어갔던 길을 다
시 걸어보는 것, 한때는 가장 나를 괴롭게 했던 마음, 머
리 위로 쏟아져 나를 온통 흩트리는 낱말, 갑자기 울어도
될 것 같은 마음, 우는 건지 웃는 건지 알다가도 모를 낮
이 없는 백야, 이해한다고 말해야 되는 것, 눈 위에 부러

진 나뭇가지 냄새, 겨울 하늘에 남지 않는 새들의 발자국을 따라가다 이제 그곳에 그대와 내가 없음을 자꾸 뒤돌아보게 하는 어느 계절.

우리가
사랑이라
말하는 것들

\#
동
희

아침까지 지키는 달,

잎을 피워내고 지는 꽃,

겨울새가 쉬어가는 숲,

비 온 후 흙냄새,

숨기려 해도 숨길 수 없는 웃음,

설명이 필요 없는 대화,

침묵이 어색하지 않은 시간,

덮어두어도 배어나는 눈물,

잊히지 않는 노래,

나를 작아지게 하고 나를 커지게 하는 영혼,

축제가 끝난 빈 공원,

비를 담은 투명 구름,

붉게 내어준 심장.

없어서 더 가지는 마음.

태우는 것이 아니라 타오르는 것.

_2022, 조동희·정현우, 〈우리가 사랑이라 말하는 것들〉

 노래 〈우리가 사랑이라 말하는 것들〉

이끌림

현
우

누나, 제가 한가할 때마다 하는 취미가 뭔 줄 아세요?
어디로 가는 버스인지 보지도 않고 타는 거예요.
그리고 이십 분쯤 달려 내린 곳에서 구경하기.
그리고 앉을 곳을 찾아 턱을 괴고 관찰하기.

제가 작년 늦여름에 도착한 곳은
평택에서 멀지 않은 곳이었는데요,
도토리나무 숲으로 이어져 있고
매미가 벗은 허물들이
땅바닥에 널브러져 있던 곳이었어요.

죽은 벌레 위를 비추고 있는 햇살을 보고 밟아보는데
그 오묘한 기분이란……
이런 곳에서는 갑자기 울어도 괜찮을 것 같고
이해받지 않아도 괜찮을 것 같았어요.

시간이 지나면 괜찮아진다는 말은
때로는 거짓말 같아요.
시간이 지나도 괜찮아지는 것들이 있고
그렇지 않은 것들이 있거든요.
지울 수 있는 슬픔이 있고
문신처럼 새겨져 지울 수 없는 슬픔들이 있거든요.

그러나, 우리를 아프게 했던 것들을
그대로 넣어두고 오고 싶은 마음을
어떻게 해야 할까요.
습관처럼 낯선 곳에 숨겨두고 오고 싶지만,
때론 너무 보고 싶어서
그런 어두운 밤에 가만히 서 있어도 좋을 것 같지만,
제가 온 마음을 다해 사랑했던 것들이
결국 우리를 울리겠지만요.

시간에게 묻는
질문

\#
동
희

구름보다 높게 자라난 그리움의 별자리.
달과 함께 누운 새벽.
이유를 알 수 없는 눈물 한 줄기.

그런 적이 있어, 나도.

동그랗게 만져지는 기억의 실타래를 잡아당겨보면
아주아주 오래된 사진들처럼 거기에 있는 기억.
아빠, 엄마, 오빠, 친구, 후배. 먼저 떠나간 사람들이
내 마음의 갈피마다 웃고 있고,

갈래머리를 땋고 무지개물고기 낚시를 하던
아무 걱정 없던 나를 쓰다듬어주고
어린 나에게 너무나 큰 자리를 차지했던
동경과 그리움을 만나기도 하고,
그러다가도 기억하기 싫은 아픔들이 떠오르면
흙으로 꼭꼭 덮어두곤 해.
뭐랄까, 슬픔이 너무 버거워, 나는.

지금 생각해보면
외로움과 그리움은 서늘한 내 마음의 힘이었지만
슬픔은 나를, 내 얼굴과 내 마음을,
내 몸 전체를 녹여 사라지게 할 것만 같았어.
용광로 안에 쇠가 흐르는 듯,
슬픔의 점도는 다른 감정들과 확연히 차이가 나.

겨우 붙잡고 있던 내 나무가 크게 휘어지는
그런 뜨거운 울음을 삶에서 몇 번 겪고 나니
언젠가부터 나는 내 마음의 평화를 위해
너무 슬픈 기억, 너무 화가 나는 일은 되도록 덮어둬.
아니, 흘려보낸다고 해야겠지.

어떤 지나친 감정에 내가 매몰되는 것이 싫어.
나는 오늘을 평화롭게 살고 싶으니까.

촉촉한 흙 위에 뿌리는 씨앗처럼
하루하루 사랑의 말과 마음을 나누고
우리는 시간에게 질문을 하면 돼.

'그래, 이제 무엇을 줄래?'

참외의
빛

현
우

누나는 어떤 과일을 제일 좋아하세요?

저는 참외를 좋아해요.

참외라는 단어를 들으면

참회라는 말이 생각나기도 하고

과일 안에 노란색 빛들이

거미줄처럼 엉켜 있다는 상상이 들기도 하거든요.

속은 꽉 차 있는 것 같지만

텅 비어 있는 것이

꼭 한 사람이 한 사람을 사랑하는

그런 과정인 것 같아요.

사랑한다고 믿을수록 나를 비워내는 일 같기도 하고

내가 사랑했던 사람, 사물 사이에서 내가 없음에도

그 사람을 인정해야 하는 일,

오롯이 혼자 남은 사람이

슬픔을 감당해야 하는 일이니까요.

진정한 사랑은 참회인 걸까요.

사실, 제 기억에

가장 달콤하고 강렬했던 참외의 맛은

초등학교 시절에 먹었던 참외예요.

친구들과 참외를 던지며 놀았던 기억이 있거든요.

비록 주인이 없긴 했지만,

허락 없이 던지고 놀아서

알 수 없는 죄책감 같은 것이 심긴 것인지

참외만 보면 잘못한 것들이 먼저 떠올라요.

빛이라는 것에 냄새가 있다면

이파리 가득 달린 참외가

굴러 떨어지는 냄새 같은 걸까요.

사랑의 뒷면

참외를 먹다 벌레 먹은

안쪽을 물었습니다.

이런 슬픔은 배우고 싶지 않습니다.

뒤돌아선 그 사람을 불러 세워

함께 뱉어내자고 말했는데

아직 남겨진 참외를 바라보다가

참회라는 말을 꿀꺽 삼키다가

내게 뒷모습을 보여주는 것

먼 사람의 뒷모습은

눈을 자꾸만 감게 하는지

나를 완벽히 도려내는지

사랑에도 뒷면이 있다면

뒷문을 열고 들어가 묻고 싶었습니다.

단맛이 났던 여름이 끝나고

익을수록 속이 빈 그것이

입가에서 끈적일 때
사랑이라 믿어도 되냐고
나는 참외 한입을
꽉 베어 물었습니다.

망고나무

\#
동
희

나는 과일을 정말 좋아하는데, 그중에서도 망고를 너무 좋아해. 망고의 노란색을 떠올리면 달리는 기차와 풍경들이 함께 떠오르는데, 그 풍경들은 무척 달콤해서 생각만 해도 기분이 좋아져.

처음 인도에 간 건 스물여섯 살 때였어. 대학 동기 중에 아직도 무척 친하게 지내는 친구가 있는데, 그 아이는 그때 이미 인도 전문가였어. 아버지가 목사님이라 인도와 교류가 있었고 호기심 많은 내 친구는 그 기회를 놓칠 리가 없었지. 지금은 세계를 누비는 영화 제작 프로듀서가 되어서 요즘도 가끔 그 친구 덕분에 새로운 나라를 구경하곤 해.

친구가 나를 인도로 인도해주겠다 했을 때 내가 물어본 말이 "거기 음식은 어때?", 돌아온 답은 "응~ 다 네 스타일이야"였어.

인도에 도착한 첫날. 델리 시내의 무질서에 큰 충격을 받아 '돌아가고 싶다고 어떻게 말하지……?' 이런 고민을 진지하게 했던 하루가 지나고, 바라나시에 도착한 후부터 나는 마음이 살살 풀렸어. 가까이 다가와 빤히 쳐다보는 눈도, 길거리의 소똥도, 무질서한 도로의 차와 동물들도, 지나친 간섭도 익숙해지기까지 며칠이 걸렸는데, 그 후부터 그보다 더 큰 아름다움이 보였지.

노 프라블럼. 언제나 입에 붙이고 사는 한마디. 신의 뜻대로, 아무 문제없는데, 무엇을 걱정하느냐는 그 질문이 계속 맴돌았어.

음식도 딱 좋더라고. 미리 여러 예방약을 먹고 갔고, 물도 잘 사 먹었고, 별 탈 없이 하루 종일 걸어 다녔지. 그러다 스물일곱 시간 동안 기차를 타고 사막을 가는 길에 친구가 한가득 비닐봉투를 건네주었어.

"배고플 때 이거 먹어. 칼은 없으니까 이렇게 조물조물한 다음에 쭈쭈바처럼 빨아 먹는 거야."

길거리마다 즐비한 흔한 나무의 노란 열매, 망고였어. 친구가 시키는 대로 과육이 녹을 때까지 조물조물해서 끝부분을 잘라내고 빨아 먹으며 긴 기차 시간을 견뎠는데, 그 맛이 얼마나 달콤하던지. 인도 여행 내내 하루에 일곱 개씩은 먹은 것 같아. 그 이후로 외국 여행을 할 때마다 망고가 보이면 얼른 사서 그때처럼 먹곤 하는데, 처음 먹었던 그때의 맛은 못 따라가더라고.

인도에서는 망고나무가 어찌나 흔한지 고대 때부터 망고나무로 가로수길이 이루어져 있었대. 인도에서 발견된 첫 번째 망고나무 화석이 사천 년 전 것이라기에 망고나무에 대해 너무 궁금해져서 찾아보았더니, 그 옛날 부처가 망고나무로 숲을 만들고 그 그늘에 앉아 평안과 깨달음을 얻었다고 해.

부처가 깨달음을 얻었다고 하는 나무를 '보리수나무'라고들 하는데, 그건 '깨달음'을 뜻하는 산스크리트어를 한자로 번역한 거야. 그러니 보리수나무는 '깨달음의 나무'라는 뜻인 거지. 그 보리수나무가 바로 망고나무야. 이 '깨달음의 나무'는 이백, 삼백 년이 지나도 계속 망고를 맺고 있어.

우기에 작은 폭풍우가 지나가면 무거운 나뭇가지들이 후두둑 떨어지고 아이들은 바구니에 그 망고들을 담아. 그것을 자연이 주는 선물, '망고샤워'라고 해.

망고를 먹을 때마다 드는 생각인데, 망고는 어쩜 그렇게 큰 씨앗을 가지고 있을까? 아마 과일 중에 가장 큰 씨앗일걸. 과육과 씨의 비율이 2 대 1. 왼쪽 오른쪽 잘라내고 나면 가운데 가장 큰 씨앗이 딱 자리 잡고 있지.

난 그런 망고가 너무 멋있어. 자존심 강한 숙녀 같달까? 왼쪽과 오른쪽을 다 가져가도 가장 단맛을 꼭 안고 남아 있는 망고.

나는 그런 사람이 되고 싶어. 망고 같은 사람. 아낌없이 주고 싶은 꿈도 있었고 말이야~ ^^

아. 망고샤워 맞고 싶다~!

마니또

누나, 저는 편지를 하나도 버리지 않고 다 모아둡니다.
초등학교에서 썼던 교환일기부터 시작해서
지금까지의 모든 편지를요.
편지를 읽고 있으면 멀어졌던 풍경들이
지금의 마음을 한번 훑고 가는 것 같아요.

편지라는 것이
마음 깊이 푹 들어간 자리 같아서 누워볼 수 있는……
그래서 누운 자리에서 생각에 잠겨보는 거지요.

초등학교 때 주고받았던 편지들을 읽어보면서
'수호천사'라는 말에 눈길이 갔어요.
마니또는 '비밀친구', '수호천사'라는 뜻으로 알려졌는데
로마신화에서 시간을 관장하는 신이었다는 말도 있고
알곤킨어족(북미 원주민 어족)에게
마니토 혹은 마니투는 정령을 의미한다고 해요.

저를 거쳐갔던 마니또들이
사랑한다고 한 고백의 말들을 볼 때
먼 기억의 풍경들이 저를 그곳에 데려다주곤 했어요.
그리고 금세 사라지는 얼굴과 뭉클해지는 마음을
다시 고이 접어두었지요.
언제 만날지 모르는 기대감과 쓸쓸함…….

누나, 이제야 두 가지를 알게 되었는데요.
사랑의 관계는 일정하게 정해진 유통기한이 있다는 것과
사랑의 방식이 꼭 그 사람 옆에 있어야만 하는 것이
아니구나 하는 것이요.
그래서 누군가 모르게 자신의 마음을 적어 내려가는 것이
편지를 쓴다는 것이 아닐까요.

내 눈 앞에서 사라지지 않아야 하고

내 옆에 있어야 하고

내가 소유해야 하는 것이 아니라,

그 사람이 지나가는 골목길에서

그 사람이 공부하고 있는 책상 뒤에서

어둠 속에 엎드려 울고 있는 그 사람 곁에서

아무도 모르게 수호천사로 서성여보는 것,

내 마음속에 간직해두는 것 또한

사랑의 방식이라는 것을요.

지나왔던 시간들을

찬란하게 혹은 너무 슬프게

함께 지내왔다는 흔적이자 기록이

편지라는 것이겠지요.

편지를 쓴다는 것은

한 글자마다 마음이 스며드는 것이므로…….

투명 편지

동
희

편지라는 건 참 신기해.

분명 무생물인데 온도가 있어.

그건 마치 그 사람의 눈빛 같고 숨결 같아서

수없이 많은 편지를 받았는데도

여전히 봉투를 열 때 설레.

어렸을 때 글 쓰는 걸 좋아해서

친구들 중에서도 글 잘 쓰는 친구들이 좋더라고.

같이 시를 읽고 책 이야기를 하거나

음악, 영화 이야기를 할 수 있는 친구들이 많았는데,

그 친구들과 편지도 참 많이 주고받았어.

청춘의 감성에 문학과 음악과 영화가

어떤 것이었는지 상상이 가지?

그것 아니면 죽을 것처럼 사랑하잖아. ^^

나도 친구들과 나누었던 편지들을 대부분 보관하고 있어.

아직 모두 열어볼 자신은 없지만

종종 그 상자의 겉을 쓰다듬으면

그 온기가 다시 살아나 전해지곤 해.

외국에 간 친구와 주고받던 그리움의 편지,

여행 떠난 친구가 그곳 풍경이 담긴 엽서에 적어 보낸 글,

어느 날 길에서 주운 나뭇잎, 그 모든 향기……

어제 〈윤희에게〉라는 영화를 다시 보며

난 또 울고 말았는데

그 감정은 아마 '애틋함'이라고 말할 수 있겠지.

뜨거움도 차가움도 아닌, 그 애틋함의 온도.

맞아, 사랑의 관계는 바닷물처럼 밀려오고 쓸려가는 것.

늘 같을 수 있다면 '화양연화(花樣年華)'라는 말도

나오지 않았을 거야.

100

그렇다고 옆에 꼭 붙어 있어야만
진짜 우정이고 진짜 사랑인 것도 아니고.

눈앞에서 사라졌다고 모든 게 사라지는 건 아니야.
소유하지 않으면서 소유하는 방법.
그 모든 건 마음에 달려 있지.

받고 싶고 확인하려는 게 아니라
그를 더 나아지게 해주고 싶은 마음.

그 마음을 알게 되기까지
우린 또 얼마나 어렵게 사랑해야 하는 걸까.

애틋하다

부는 바람에 마음을 풀어놓고
나부끼는 대로 바라본다
이런저런 우리 오해들이
뒤엉키고 또 풀리는 시간

무릎을 베고 누운 머릿결
반짝 글썽이는 니 눈빛은
순간순간 출렁이며 올라
내 마음을 넘치게 해

환하게 웃는 모습에 나도 따라 웃게 될 때
아직 내가 생생히 살아 있다는 게 느껴질 때
날 웃게 하고 변하게 하고
아쉽게 하고 행복하게 하는 사람

애틋하다 애틋하다
청포도색 하늘이
너의 자몽빛 볼이

애틋하다 애틋하다
나의 아픔 아는 듯이
속삭이는 너의 노래

_2017, 조동희, 〈애틋하다〉

나는 천사에게
근육을
배웠지

#
현
우

누나, 제가 운동을 해야겠다고 다짐했던 것은
누나의 말 때문이었어요.
"현우야, 다 좋은데 어깨 좀 넓혀볼까?"라는 말에
어깨가 더 넓어지면 좋겠지 하고
그다음 날 가서 헬스를 끊었지요.

헬스를 하면서 꼭 듣는 플레이리스트에 있는
누나의 노래를 들으면서 어깨 운동을 했어요.
〈동쪽여자〉라는 곡인데
"어디든 갈 수 있는 용감한 날개와

시작도 끝도 두렵지 않은 큰마음을 꿈꾸며
새벽 강 안개처럼 슬픔은 사라질 거야"라는 가사를 들으면
제 보이지 않는 날개가 꼭 자라나는 것 같은
기분이 들었거든요.

처음에는 어깨를 넓힐 요량으로 운동을 시작했다가
하루 시작의 루틴처럼 하게 되었고,
거울을 볼 때마다 조금씩 바뀌는 저의 모습에
자신감을 찾기도 했어요.

사람의 마음의 속성은
기본적으로 가라앉는 성질을 가지고 있다는
이 말을 라디오에서 들었는데,
정말이더라고요,
그래서 쉼 없이 움직여야 한다고요.
하루를 운동으로 시작하고 나면
에너지를 얻는 것 같아요.
이래서 정말 운동이 중요하구나 하고요.

누나가 제게 "나는 천사에게 근육을 배웠지"라고

별명을 지어주셨던 게 엊그제 같은데…….

사람의 몸은 참 정직하다는 생각과

근육을 배우기 위해서 수많은 노력을 해야 된다는 믿음.

건강한 몸에 건강한 정신이 깃든다는 말이 정말인가 봐요.

사람들은 왜 그렇게 운동을 열심히 하냐고 하지만

이게 저의 하루의 시작이고

변화되는 모습을 보면서 또 다른 할 일들을 찾게 되거든요.

ps. 보디 프로필은 안 찍을 거냐고 많은 분들이 물어보긴

하지만, 정말 혹여나 찍더라도 저 혼자 간직하려고요.

루틴이
체화되기까지

\#
동
희

미국 만화 〈딜버트〉의 작가 스콧 애덤스가 쓴 책 중에

《더 시스템》이라는 일종의 자기계발서가 있는데,

자기 자신을 일으켜 세우는

'자기 경영의 시스템'에 관한 이야기야.

너무 재미있어서 단숨에 읽었는데,

그 책에서는 자기 자신을 위해

첫째로 해야 할 일을 '운동'이라고 강조해.

건강을 위해서도 그렇고

네 말처럼 하루의 에너지를 깨우기 위해서도 그렇지.

내가 너한테 운동을 해보라고 한 이유는

미관상 이유보다는 후자에 가깝지.

늘 앉아서 글을 써야 하는 직업이니

좀 새로운 방식으로 에너지를 써보면 어떨까 해서.

그런데 몇 달 후 만난 너를 보고 깜짝 놀랐지!

아니, 운동을 얼마나 열심히 한 건지

전과는 다른 사람이 되어 나타났었잖니. ^^

너의 그 의지를 보고는

'아, 이 친구는 뭘 해도 열심히 하는구나' 하고 느꼈지.

너한테 말은 그렇게 해놓고

나는 정작 너만큼 운동도 하지 못하고 말이야.

고작 며칠에 한 번씩 라이딩을 나가는 거 외엔

가끔 헬스장에서 위로하는 정도.

그렇지만 초등학교 때

무려 높이뛰기, 멀리뛰기 반 대표였던

전적을 살려 말하는 건데, ^^

건강한 체력이 정말 많은 것을 바꿔주는 것은 사실이야.

나는 몇 년 전까지 하루에 한두 시간은 꼭 운동을 했는데

요즘 몇 년간 일이 많아지며

바쁘다는 이유로 운동을 통 못 했어.
인구의 팔십 퍼센트 이상이 하는 그 핑계,
'시간이 없다'라는 이유로.

그러나 운동은 '시간을 만들어서' 해야 하는 거라고
많은 선지자들이 말했지.
그래서 나는 아예 작업실에 자전거를 가져다놓고
시내 약속은 자전거로 가곤 해.
처음엔 좀 두려웠는데
의외로 우리나라에 자전거도로가 잘되어 있더라고.
햇살 좋은 날엔 자전거로 한강에 있는 커피숍에 가서
책을 보고 글을 써.
의뢰 들어온 가사 생각도 하고,
다음 앨범 구상도 하고 말이야.

산소가 많이 공급된 날은
뇌도 마음도 연두색이 가득한 느낌이야.
생각도 맑아지고
내 자신이 왠지 좋아지곤 해.

몸이 마음을 일으켜 세우고
그 마음이 다시 몸을 일으켜 세우고.
그 습관이 체화되어 하루의 루틴이 된다면
우리의 생활이 조금 더 생생해지지 않겠니?

나도 오늘 〈동쪽여자〉 좀 들어야겠다.
어디든 갈 수 있는 용감한 날개와
시작도 끝도 두렵지 않은 큰마음이
사라지지 않도록 말이야.

가난에 편드는
마음

현
우

저의 태몽은 엄청 커다란 호박 마차를 타고
과일 밭을 가로질러 하늘로 날아가는 꿈이었대요.
그래서 그런지 제가 과일을 참 좋아하나 봐요.

엄마의 일기를 훔쳐본 적이 있어요.
저를 임신했을 때에도 일기를 썼다고 하셨는데,
엄마의 글들을 보면서
흠칫 놀라게 하는 문장들이 많았어요.
시를 쓸 수 있게 된 것이
문득 엄마에게 받은 기쁨이라는 것도요.

저희 엄마는요, 다람쥐 같은 엄마예요.
유년 시절에 저는 굴주스나 토마토주스를 많이 먹었는데,
나중에 알고 보니까 저희 엄마가 집에 토끼들 준다고
흠집 난 과일들을 저렴하게 사 오신 것이더라고요.

전 아직도 그 풍경이 생생히 기억나요.
엄마와 함께 자전거를 타고 오는 길이요.
어머니가 타던 커다란 붉은 페인트가 벗겨진 자전거,
양손 봉지에 가득 담긴 무른 과일,
자전 뒤에 엄마를 끌어안던 누나와 나,
여기저기 흩어진 알록달록한 과일들.

함박눈이 미친 듯이 내리는 날이었어요.
시장 길은 미끄러웠고,
자전거 뒤에는 누나와 내가 있던 탓에
무거운 나머지 자전거가 휘청거렸지요.
넘어지려는 와중에 엄마가 저희를 다치지 않게 하려고
눈이 쌓여 있는 곳으로 자전거 핸들을 돌렸지요.
자전거를 운전한 엄마는 다쳤고
저희는 살짝 넘어지는 정도였어요.

지금 생각해보면 그런 장면들이 기억에 남는 것은

가난을 지나왔던 마음이 있기 때문일 거예요.

가난해보았던 사람은 가난이 얼마나 힘든 것인지 알지요.

그렇지만 가난으로 가난하지 않은 마음을

가질 수도 있다는 것도 알게 되는 것 같아요.

한 시절 가난을 경험했던 제게

가난은 부끄러운 것이 아니라는 것을

엄마를 보면서 알게 되었지요.

제 보물 창고에는 여전히 무른 과일 향이 나고

엄마의 부르튼 손등이 있고,

가난인지 모르고 허름한 옷차림으로

한겨울 길을 한참이나 걷던 소년,

그것이 가난인지 모르고 얼어붙은 손등 위 눈송이들을

구름들이 전하는 언어라고 말하는 소년이

서성이고 있지요.

엄마의 일기장에 적혀 있는 문구를 적어보면서

이만 편지를 줄여요.

　시장 과일 가게 아저씨에게 썩거나 상처 난 과일이 없냐고 물었다. 집에 있는 토끼를 준다고 거짓말을 했다. 썩은 부분은 도려내고 감쪽같이 깎아서 아이들에게 준다. 시장에선 나를 토끼 아줌마라고 부른다. 오후 세 시쯤이면 부추 부침개를 만들어서 드렸다. 콩나물 파는 할머니, 배추 파는 아저씨, 복숭아 파는 아줌마. 그러고 나면 내 양손에는 과일 냄새로 가득했다. 사람들은 알까. 무른 과일 향이 더 향긋하다는 걸.

손바닥에
적어주던
마음

동
희

내가 첫아이를 낳고 연년생으로 쌍둥이를 낳아

세 아이를 키울 때 가장 힘이 되었던 말은

친한 언니가 해준, 단순한 이 말이었어.

"시간은 흐르고 아이들은 자란다."

그래, 아이들은 반드시 클 거고 나는 여전히 조동희야.

내가 나를 버리지만 않는다면

나는 그대로 '나'일 수 있어.

결혼이나 아이 계획이 없던 나로서는

사실 급작스러운 인생의 전환점을 맞이한 것이었는데,

당황할 겨를도 없었어. 하루하루가 금방 지나갔지.
잠시만 눈을 돌리면
한 명은 세면대에, 한 명은 변기에 있고
한 명은 액체 세제를 마루에 쏟아붓고
스케이팅을 하고 있었으니까.
그때 우리 집에 놀러 온 선배 언니가 이런 말을 했지.
"동희야, 지옥이 따로 없구나~"
그 말은 그냥 웃어넘겼는데,
정말 하루하루가 걱정이고 전쟁 같았어.

그러던 어느 순간 마음을 달리 먹었어.
시간은 흐르고 아이들은 클 텐데,
그때는 이 장면들이 그리울 텐데,
많이 안아주고 많이 사랑한다 말해주자.

아이들이 일부러 그러는 것이 아니라
성장하면서 겪는 당연한 과정이잖아.
단지 아이들이 한둘이 아니어서 힘든 것뿐이야. ^^
어쩌면 내가 화가 났던 것은
내 안에 있는 '희생해야 한다'라는 마음 때문이라는 것을.

'너희 때문에 내가 음악을 못 하잖아~' 하는
마음 때문인 것을.

이것을 일찍 알아차린 것은 행운이었지.
그 후로 나는 아이들과 함께 노래를 하고,
어린이 뮤지컬도 보고, 책도 읽고,
수많은 얘기를 나누었어.
아이들이 질문하면 내가 답을 해주기도 하고,
왜 그런지 같이 얘기하기도 하고.
그러다 보니 아이들과 노는 시간이 재미있는 거야.
물리적으로 힘들긴 해도 내가 자라는 기분이랄까.

아, 내가 몰랐던 세상이 있네.
아, 내가 놓쳤던 시각이 있네.

그 시절의 내 수많은 발견들은
오히려 내 음악 인생에 큰 도움이 되어가고 있어.
그때 함께 읽은 동화책들과 함께 부른 동요,
마음대로 써보게 했던 동시 대회.
손바닥에 적어주던 마음.

그 그림들과 글들은 여전히 내 폰에도, 마음에도 있어.

아, 나도 애들을 재우고 글을 썼었는데,
그때 쓴 글은 이런 거야.

엄마라는 이름

태엽 감은 새처럼
하루가 뻐근하게 시작되는 시간.
노래하고 싶어, 느끼고 싶어 답답하던 날.
노래라고는 아기 자장가뿐이던 밤들.
하지만 난 울지 않았네.
하루하루 살아내었네.
무뎌지고 사라질 것 같아
불안하고 초조하던 날들.
내 꿈이 자꾸 멀어진다 느꼈지만
이제 알았어.
내 마음을 키워준 건
아이들의 웃음소리.

'엄마'라는 낮고 낮은 이름.

살아내고 이겨내며 붙잡고 싶은 그것.

삶이라는 아프고도 아름다운 이름.

개화

\#
현
우

누나는 언제부터 작사를 시작했나요?

저는 처음에 썼던 시가 초등학교 시절이었고
엄마가 윤동주 시집과 릴케 시집을 사 오면서
자연스럽게 시를 써보게 되었던 것 같아요.

그리고 교내 백일장에 참여하다가
본격적으로 고등학교 2학년 때부터 시를 썼어요.

그러다가 대학교에 들어와

'열심히 노력하다 보면 등단을 하겠지' 정도로
쉽게 생각했던 것 같아요.

저는 등단하기까지 십 년의 기간이 걸렸는데요.
지금 돌이켜보면 십 년의 기간이
제게는 필요했던 기간으로 느껴집니다.
충분한 불안과 기쁨을 느껴보면서
제 계절 리듬에 맞게 피어난 것만 같다는 생각이 들어요.
계절에 맞지 않게 피었더라면
시를 열심히 쓰지 않았을 것이라는 생각을 하게 돼요.
시집을 내면서 그리고 시집을 내고도
계속 찾아오는 불안과 우울을 가만히 관망해보면서
그 옆에서 자연스럽게 있는 제 자신을 발견하게 되었어요.
저만의 꽃이 피고 지는 것을 보면서요.
한때는 저를 잠식했던 감정들이
시간이 지나면 아무것도 아니라는 것도요.

꽃의 종류마다 피는 시기가 다르듯이
사람도 마찬가지라고 생각해요.
특히나 꽃이 피지 않는 인간이니까,

자기가 언제 피었는지도 모르고 있을 것이라는
생각도 들어요.

우리의 시간은 생각보다 길지 않다고 생각해요.
그래서 지금을 불안해하면서
시간을 낭비하는 것이 아니라
내 마음 유리 온실 안에 있는 꽃이 얼마나 자라 있는지
주변에 불안은 얼마나 있는지
있는 그대로를 받아들이는 것이
중요하다는 것을 알았어요.

그러다 보면 꽃잎이 어떤 모양인지,
얼마나 자라 있는지,
나의 어둠과 불안으로 꽃이 어떻게 흔들리고 있는지가
서서히 보이기 시작하는걸요.

지금 이 글을 쓰는 순간에도
저는 자꾸만 머릿속으로 되뇝니다.
우리 모두 지금도 슬픔을 지나가고 있고
새로운 기쁨들이

햇살 고명처럼 우리 어깨 위에 있다는 것을요.

그리고 이것 또한

문학 안에서 이뤄지고 있다는 것이 기쁩니다.

꽃차례

#
동
희

'꽃차례'라는 말 아니?

한 줄기에서 나는 꽃잎도 차례가 있대. 위에서 아래로,
아래에서 위로, 그 피는 순서를 꽃차례라고 해. 하물며
한 줄기에서 꽃잎 나는 순서도 꽃마다 다 다른데, 계절마
다 피어나는 꽃의 순서는 말할 것도 없지.

이런 시가 있어.
"매화 시들고 나니 / 해당화 새빨갛게 물이 들었네 / 들
장미 피고 나면 꽃 다 피는가 하였더니 / 찔레꽃 가닥가

슬픔이 진주알처럼 빛날 때¶   123

닥 담장을 넘어오네."

자연의 섭리처럼 꽃들은 한 계절 안에서도 차례대로 꽃을 피우지. 꽃들은 너무 일찍 피면 큰 열매를 못 맺고 천천히 피어날수록 생명력이 길어.

우리 인생의 꽃도 꼭 그렇지 않을까?

아직 아무것도 모를 때 모두 다 피어버린 꽃보다 바람도 맞고 햇살도 맞으며 천천히 열리는 꽃, 나는 그런 꽃이 좋아.

내가 처음 작사를 시작한 건 스무 살 때였어. 아르바이트를 하며 학교를 다니고 있었는데, 우연한 기회에 내 글을 본 지인이 "가사 한번 써볼래?" 하고 말했고, 그때 첫 가사 작업이 시작되었지. (동네 오빠들의 소개로 쓴 첫 가사는 김정민 1집에 수록된 〈지난날의 그대로〉야.) '하나음악'에서 만난 가수 조규찬의 의뢰로 쓴 조규찬 1집 〈조용히 떠나보네〉 가사는 엄밀히 말해 두 번째 작업이었지만, 그때 저작권협회에 정식 작사가로 등록되었으니 공식적인 첫 작품이라 할 수 있지.

그 후로 장필순 언니의 〈나의 외로움이 널 부를 때〉를 쓰며 업계의 관심을 조금 받기 시작했고, 그 후로 계속 작사가로 살아오다가 내 곡을 쓰면서 싱어송라이터로 발을 내딛은 셈이지. 비록 '골다공증 창법'이라는 별명이 붙긴 했지만 내 가사는 내가 제일 잘 부르니까.

중간에 육아로 칠 년을 쉬고 다시 음악 작업을 시작할 때는 정말 힘들었어. 아이들이 어려서 손이 많이 갔고 밤늦게까지 녹음에 공연까지 하고 귀가하는 날이면 집에선 으레 큰소리가 났지. 울기도 많이 울었어. 견뎌야 하는 시간이었지.

다시 음악을 시작하고 십일 년이 지나면서 나는 많이 편해졌어. 아이들도 거의 다 컸고, 많은 시행착오를 통해 내게 맞는 시스템을 찾았거든.

음악을 시작한 지 삼십 년이 되어가지만, 그 여행은 마치 걷다 쉬다, 겨울잠 자다 하며 걸어온 길 같아. '온전히 치열하게 불태우던 날들은 얼마나 되나' 하고 생각해보면, 그 반 정도 될까. 나머지는 내가 꽃을 피우기 위해 햇살을 머금고, 비를 흡수하고, 거름을 모으는 시간이었던 것 같아.

한때는 유명해진 사람, 돈을 많이 번 사람, 명성이 높은 사람을 부러워한 적도 있지만, 어릴 적 좋아했던 최성원 아저씨의 노랫말처럼 "비교는 바보들의 놀이이고, 감사만이 행복의 열쇠"라고 생각해.

나는 음악을 하고 싶어도 못하던 시간 동안 '감사'를 배웠어. 내가 좋아하는 일을 할 수 있다는 것은 얼마나 감사한 일인가. 그 일로 생활을 해나갈 수 있다니 이 얼마나 행복한 일인가.

나의 꽃차례는 이리도 천천히 오는가 봐. 나는 아직도 설레며 기다리고 있으니, 어쩌면 그게 가장 감사한 일이겠지.

인간과
가장 닮아 있는 색

현
우

누나는 어떤 색을 가장 좋아하시나요?

저는 어릴 때도 그랬지만
보라색 그리고 파란색을 좋아해요.
과일 중에서 포도를 제일 좋아해서
보라색이 좋기도 했지만
보라색이 가지고 있는 이상한 매력이 있거든요.

보라색을 좋아하면 정상이 아니다
이런 말도 많이 들었는데,

심리학적으로 보라색이
미성숙함이나 우울한 정서와 연관되어서
그런 말이 나오지 않았나 생각해요.

보라색은 죽음과 관련된 색이기도 한데,
극동 지역에서는 교황이 보라색 상복을 입었고
셰익스피어는《헨리 4세》에서 왕의 죽음에 대한 슬픔을
보라색 눈물로 표현하기도 했고요.
보라색은 신앙과 신을 연결하는 색으로 상징되기도 해서
그래서 저는 더욱 보라색을 사랑합니다.
작고 큰 죽음들을 들여다보면서
제 안에서 시가 자랐거든요. 신을 찾아 헤매면서요.

저는 보라색을 떠올리면
심해가 떠오르거나
푸른 하늘 같은 것들이 떠올랐는데
유래를 보니까 신기하더라고요.
보라색의 원료가 많은 조개로부터
극히 소량의 염료로만 얻을 수 있었다고 해요.

보라색을 만들기 위해서
파란색이랑 빨간색이 필요하니까
마치 자연과 인간이 섞인
그런 오묘한 느낌을 받을 때가 있어요.
하늘과 바다가 파랗고 인간의 피가 붉잖아요.
그리고 멍이 들 때 보라색으로 멍이 드는 것이
마치 슬픔의 색이 보랏빛처럼 느껴지거든요.

밤하늘 저 너머에 작은 신들이 있는지,
바다 깊은 곳에 푸른 고래들이 그 전설을 아는지,
인간들은 왜 붉은 피를 가지면서
가장 투명한 눈물을 흘려야 하는지,
인간의 피가 붉지 않았다면,
끝없이 텅 빈 하늘이 푸르지 않았다면……

저는 보라색을 좋아하지 않았을지도 몰라요.

하얀색이
하얗게

#
동
희

나는 하얀색을 가장 좋아해.

모든 것을 품은 시작과 끝의 색 같아.

순백의 가능성을 그려볼 수 있고

내가 좋아하는 겨울의 색이고

내가 가장 아끼던 원피스도 하얀색이거든.

창문에 닿은 눈이

바깥과의 온도차로 계속 녹아내렸고

아빠는 오르골만 남겨놓고 돌아오지 않았어.

나는 눈물의 의미도 모르는 채

내 뺨에 흐르는 건 눈의 물인가 하며 걷던

그 겨울이 생각나.

하얀색을 떠올릴 때면.

유리의 집

현
우

〈유리의 집〉 시를 쓰고 누나에게서 전화가 왔던 게 기억나요. 누나가 다리 위를 걸어서 은행에 가는 중이었는데, 덜컥 하고 눈물이 났다고요. 신기하게도 누나 노래 〈사슴꿈〉을 듣다가 발상이 떠올라서 쓴 시라 그런가 봐요. 저런 것들을 유리병에 모아둔다는 누나의 유년 시절이 떠올랐거든요.

"난 하늘을 나는 물고기 / 바다 속을 헤엄치는 새 / 땅속 깊이 피는 꽃 / 한겨울 느린 봄볕 / 나란히 앉은 시간 / 초록의 구원 / 안전한 달빛 아래 / 그림자 없는 꿈 / 사탕을 모아두던 유리병처럼 / 나만의 소중한 너야"

누나가 유리병에 모아두었던 사탕 같기도 보석 같기도
한 재료들은 이렇게 시로 변했네요.

유리의 집

오르골, 인형의 관절에서 도는 빛, 흐르지 못한 시간까
지 들지, 발아래 흔들리는 겨울 수초, 창가에 턱을 괴면
푸른 발굽 소리, 먼 꿈인 듯 나는 언 발을 거두고, 창밖
의 새들은 고드름을 물고, 먼 숲, 구름은 먼 틈을 닫을
때, 겨울이 들어갈 수 있는 빈 곳, 나를 끌어 내리는 유
리의 빛, 여린 손끝은 투명하게 잠영해, 빛을 열고 가는
기도, 말해요, 머리 위로 새들의 높이를, 구름 너머 투
명을 타고 오르는 새들이 부딪히는 유리의 벽, 깜빡여도
떠지지 않는 눈, 집은 모두 쏟아지고, 겨울나무가 짙푸
르게 우는 소리, 나는 작은 우주 속의 한 톨, 내가 아는
슬픔들을 하나씩 불러볼까, 오르골이 돌지 않을 때까지,
존재는 멈추지 않고 모든 순서가 사라진다, 우리 꽃으로

온 시간이 아니니. 흐르지 않는 유리의 숲. 두 손을 쥐어
도 깨지지 않는 눈동자가 있어, 쓸려가는 시간. 슬픔은
유리의 빛으로 달아나고.

그 겨울의
오르골 소리

#
동
희

문학적 음악, 음악적 문학을 좋아한다는 공통점을 시작
으로 이야기를 나누다 보니 많은 추억의 오브제들이 겹
쳐서 우린 오랜 친구처럼 옛날 얘기를 했었지.

그러다 받은 종합문예지 《TOYBOX》의 제안에 너무 재
미있게 작업을 했던 기억이 나. 〈유리의 집〉. 정현우가 시
를 쓰고 그것을 다시 조동희가 가사화하는 작업 말이야.

이 시에서부터 시작된 걸 거야. 지금 쓰고 있는 이 책은.

유리의 집

뽀드득 눈이 발목까지 오던 날
창가에 푸르게 입김을 불어요

누구도 사라지지 않던 겨울
유리창에 그린 집은 자꾸 녹아 흘러요

밖은 추웠고 방 안은 따듯해서
밖은 어둡고 방 안은 밝아서
유리창은 자꾸 눈물을 흘려요
이토록 투명한데 보이지 않아요

마음이 들어갈 수 있긴 할까, 어느 틈으로
영원은 영원히 없기에 우리는
슬프고 아프고 사랑하는데
오르골이 멈추어도 그대는 오지 않나요

우리 깨지지 않는 유리를 만들어
흐르는 빛으로, 굳지 않는 마음으로

투명한 멜로디, 우주 속 한 송이 꽃
두 손으로 꼭 안아요. 이 겨울의 집

그대는 차갑고 나는 따듯해서
그대는 멀고 내 맘은 어려서
유리창은 자꾸 눈물을 흘려요
이토록 투명한데 보이지 않아요

마음이 들어갈 수 있긴 할까. 어느 틈으로
영원은 영원히 없지만 그대여
별들이 선물한 시간 속에서
반짝이는 이 슬픔을 훔쳐가주오

별에서 온
존재들

\#
현
우

어둠이 내린 기찻길,

철조망 사이로 들어오는 기차를

한없이 계속 보고 있었어요.

그리고 길게 꼬리를 감추고 가는 기차를 보다가

희미하게 떠 있는 가을의 별들을

가만 지켜보고 있었습니다.

어느 날 라디오에서

우리 몸을 이루는 물질이 별의 중심에서 만들어졌다는

어느 학자의 말을 들은 적 있어요.

그러니까 우리는 별의 물질로 이뤄진 존재,

별의 부스러기 같은 것들이 아닐까요.

누나, 우리가 보고 느끼는 빛들은

이미 오래전에 숨이 다한 것이잖아요.

우리의 눈에서 옅은 빛이 새어 나오는 것도

어쩌면 별에서 왔기 때문이 아닐까 하고

엉뚱한 생각을 해보았어요.

죽은 것들은 입이 없고

그러니까 다시 별로 돌아갔는지 아무도 알 수 없고

울먹거리는 눈빛만 가질 수 있는 인간은

아주 작은 먼지구름 같은 것.

하늘에서 구름으로,

구름 속에서 그저 빛으로 흩어지는 별 부스러기 같은 것.

제가 직접 사물로 변한다면 어떤 감정일까요.

어떤 유령으로, 푸른 열매로,

숲을 지나는 하늘로, 땅거미가 뿌려진 나무로.

우리는 있다가도 없는 것.

깨지 않는 허상, 깨지 않는 꿈으로

우리는 실존하는 것.

"있다" "살아 있다" 하고 속삭이면서

제 존재를 확인해봅니다.

끝없이 깜빡여야 살 수 있는 우리는,

헤아릴 수 없는 빛들처럼

우리를 향해 빛나고 있는 별들처럼

또 어디론가 흘러가고 있어요.

신이 만든 마음이라는 게 뭘까요.

아아, 아려워요.

우리의 시간은 무엇으로 흘러가는 걸까요.

요즘엔 누나의 큰오빠인

조동진 대선배님의 노래를 들어보고 있는데,

그중에 〈행복한 사람〉의 가사를 음미하면서 들었어요.

우리의 두 눈은, 인간이 가진 작고 여린 빛들이 맺히는

유리창이라고 생각해요.

이 세상 전부 다른 유리창이요.

그러니 우리는 다 유일한 존재예요.

그렇게 아름다운 두눈이 있으니.

피에타

마음이 신이 조각한 것이라면, 아래에서 위를 올려보는

인간의 북녘, 마음과 입술 사이의 곁이 서성일 때 나는 서둘러 얼음 벼랑에 서 있습니다. 추락하는 전언으로부터 감긴 두 눈, 우리는 끝없이 떨어지는 눈의 시작입니까. 어둠이 뚫은 언 맨발로 이름을 적어 내려갈 때, 새들은 어디에서 가장 짧은 빛으로 떨어집니까. 겨울이 오지 않은 얼음 숲에서 나무 기둥들은 눈을 어떻게 맞고 서 있습니까. 늦된 그림자는 밀려든 죽음을 덮고 보이는 것이 시작되는 감은 두 눈은 마음의 시작일 수 있습니까. 마음과 감은 두 눈의 거리가 너무 멀어질 때, 인간에게 왜 마음은 왜 주워지는 것입니까. 한 사람으로 끝없이 걷는 믿음입니까. 검은빛으로 물드는 창문이 큰 방. 모든 것에 성에가 끼는 창밖, 잘린 발목들은 거두는 의심을. 죽지 않는 비밀은 울음의 끝을 끝으로, 조금씩 밀려나는 숲에서 가느다란 실선이 아래로만 길어지는 기도는 인간이 가늘게 늘어져버린 몸입니까. 버려진 마음입니까. 먼 거리에서 부르는 마음에서 말까지, 오래된 손들이 나를 향해 흔들고 마는 것은, 처음부터 깨트릴 수 없는, 창문 너머 툭 금이 가는 마음에는.

도쿄의
기찻길

동
희

수년 전, 한 다큐멘터리 감독이

나를 삼 년 정도 팔로우하며 영상을 찍은 적이 있어.

내 서툰 공연, 덜 익은 말들,

호기로운 도전들이 가득 담긴 영상들인데,

아마 그것들을 풀어 편집하는 것도 일일 거야.

내가 뭐 하나 건질 게 없을 거라 말하곤 했는데

그 친구는 항상

"언니 얘기에 제가 힘을 얻었어요"라며

많은 질문을 해왔어.

도쿄에서의 내 첫 공연, 두 번째 공연도 동행했는데
공연을 찍은 시간보다
그 친구와 이야기를 나눈 시간들이
오히려 더 보석 같았어.
'더 나다운 나'

'도쿄의 홍대'라 불리는
오랜 도시 코엔지의 작은 공연장에서 공연을 하고,
근처 작은 숙소에서 묵었던 날들이 기억나.
그 숙소에 딸린 폭이 좁고 긴 베란다 위로
저녁노을이 태양을 붉게 내던지고 있었고
우리는 그 노을 속으로 몸을 숨기듯 가만히 앉아 있었어.
늘 나에게 카메라 뒤에서 질문만 하던 그 친구에게
내가 물었어.
"너는 영화를 통해 무슨 얘기를 하고 싶어?"
언제나 수줍게 웃고 작은 목소리로 최소한의 말만 하는
그 친구가 천천히 자기 얘기를 하기 시작했고,
그 아픈 마음의 바닥을 조금이라도 내게 얘기해준 것에
나는 너무 고마움을 느꼈어.
때마침 나란히 앉은 우리 눈앞에 기차가 길게 지나갔고

기차의 긴 행렬은 그 시간을 내일로 데려다줄 것만 같았지.

기차가 지나가는 소리,

그 친구의 옆모습과 슬픈 눈빛은

내가 본 가장 진실한 풍경 중 하나로 기억에 남아 있어.

나는 아직 아무것도 한 게 없다고,

내 얘기로 영화를 개봉하는 것을 극구 말려서

촬영도 편집도 중단되었어.

그런데 사실 내가 무엇이 된 다음에

영화를 찍자는 게 아니었어.

언젠가, 내가 더 많이 비워졌을 때

그때서야 내 마음에 이야기가 차오르지 않을까 싶어서.

그래, 그런 때가 오면 다시 연락을 하려고.

그 착하고 순한 마음의 감독님에게.

그리고 이렇게 물을 거야.

도쿄의 기찻길, 그날의 노을을 기억하고 있는지.

세상에서
가장 짧은   슬픔

현
우

누나, 세상에서 가장 짧게 부르는 슬픔을 뭐라고 생각하세요?

가끔 엄마라는 말을 중얼거리면 유년 시절 젊은 엄마의 모습이 보일 듯 말 듯해서 가슴이 뛰어요.

오늘 바람이 불어오는 언덕을 낙엽을 헤치며 올라가서 조동익 선배님의 〈엄마와 성당에〉 노래를 듣다가요. "내 맘은 풍선처럼 부는 바람 속에 어쩔 줄 모르네 엄마와 성당에"라고 읊조리는 목소리에 눈물이 날 뻔했어요.

누나, 누나와 차를 타고 오는 길에 누나의 어린 시절 엄마 이야기를 제게 잠깐 들려준 적이 있었지요? 어린 시절에 아버지를 보내고 어머니를 보낸 누나의 슬픔은 제가 가늠할 수가 없겠지요. 그렇지만, 누나의 〈어린 물고기〉를 듣고 있으면 조금이나마 제가 어린 물고기가 된 것 같아서 한참 누나의 슬픔 속에 들어가 있곤 합니다.

누나의 노래와 조동익 선배님의 노래가 교차되면서 저는 한참 언덕길에 멈춰 서서 어쩔 줄 몰랐답니다. 엄마라는 말을 들으면 어쩔 줄 모르겠는 그런 마음 같기도 해서요.

제 맘은 풍선처럼 떠올라 저를 유년 시절로 데려갔어요. 엄마와 놀이공원에 처음 갔던 날. 회전목마가 너무 신기하고 신비로워서 멍하니 보고 있다가 엄마의 손을 놓친 적이 있었어요. 한 손에는 흰색 풍선을 들고 천천히 돌아가는 말들을 타고 하늘을 나는 상상을 하다가 어느새 저를 찾아온 엄마의 품에 와락 안겼던 장면이 떠올라요.

유년의 조각들은 어떤 모양으로든 찾아오는 것 같아요.

세상에 태어나 처음 보는 기쁨과 슬픔들이 가득한 곳에서 가장 먼저 가르쳐주는 사람이 엄마이니까요, 엄마를 한 번씩 가져보았던 우리이니까요. 유년은 조각난 빛 부스러기 같아서 눈이 부시다가도 때론 빛의 생채기로 가끔은 눈물짓게 만드는 뭉클함 같은 것이 아닐까요.

엄마의 **따뜻한** 손을 잡았던 기억들로 시를 적어 보냅니다.

엄마

당신은 나의 어둠을 감싸는 허름한 손등, 당신은 내게 기대지 않는 나무, 당신은 나의 정원에 내리는 늦겨울 빗물, 당신은 나의 서글픈 잎을 새는 바람. 당신은 나의 풀려버린 운동화 끈, 당신은 내가 끝없이 걷는 동안 끝없이 내 뒤를 밟는 그림자, 당신은 나를 위해 길 잃은 새들의 날갯짓, 당신은 나만 보다가 어디로 갈지 모르는 물고기, 내가 언제든 와락 안겨서 울어도 괜찮은 사람. 당신은 꿈이 없어도 괜찮은 사람. 당신은 나와 함께할 수 있는 시간이 많지 않은 사람. 이름 대신 엄마라고 불

러도 되는 사람, 당신은 내가 엎드려 우는 동안 방문을
서성이는 사람, 나를 눈물짓게 만드는 빛, 실패가 없는
사랑, 죽은 사랑 안에서 나를 먼저 안아주는 사람, 세상
에서 부르는 가장 짧은 슬픔, 모든 사람이 알게 되는, 떠
나고 나서야 알게 되는 천사.

엄마라는
이름

동
희

엄마.

누구에게나 가장 편하고 만만하고

끝까지 내 편일 것 같은 이름.

슬픔, 아픔, 동경, 분노, 인내, 희생.

세상에서 가장 가시나무가 많은 가슴으로 살아갈 이름.

시간을 돌려 하루 동안 과거로 갈 수 있다면

어린 날 내 모든 원망, 불만은 변함없을 것 같지만,

엄마, 가련한 그 사람을 나도 한번 꼭 안아주고 싶어.

최선을 다한 거라고,

고마웠다고.

온전한
슬픔에 대하여

\#
현
우

제가 시집을 내고 가장 많이 들었던 말은
'시인님은 슬플 때 어떻게 하세요?'라는 질문이었어요.

제게 메시지를 보낸 한 아이는
어릴 때부터 어머니가 없었는데
갑자기 너무 그립다고 했어요.
저는 아직 그런 경험이 없으니,
제가 그 학생에게 해줄 수 있는 건 아무것도 없었어요.
눈을 맞추고 끄덕여줄 수밖에.
내 힘으로도 움직일 수 없는 것들이

어떤 말로 해결이 될까요.

우리가 태어나자마자 선택하지 않은 것들로부터 받는

상처에 대해서 생각해봤어요.

처음부터 우리가 선택할 수 없는 것들이 많은 것 같아요.

제겐 그랬어요.

상처가 될 걸 알아서

뱉지 않고 속으로 상처들을 삼켜야 하는 날들을,

수없이 많은 그런 날들을

그대로 둬야 한다는 것을요.

'네 결핍 또한 너의 자산이 될 수 있어'라는

말은 잔인하고 무책임하기도 하다는 생각을 하다가요,

영화 〈바닷마을 다이어리〉의

"누구 탓도 아니야"라는 말이 떠올랐어요.

이 말을 중얼거리다 보면

저는 우리 할머니가 기가 막히게 잘 끓이던

고추장찌개를 먹는 우리 가족의 휴일이 생각나곤 해요.

그래서 기억 속에서 잠기기도 했다가

고개를 내밀었다가

그냥 내가 이 세상에서 없어져 버려도 괜찮을까
나의 잘못을 자꾸만 돌이키는 밤이 오기도 하겠지만.
우리는 각자의 심해 속에서 출렁거리면서
각자의 속도로 조금씩 나아가고 있는 것이라고 생각해요.

제가 그 친구에게 했던 말을 적으며 편지를 줄입니다.

"너의 탓도 누구의 탓도 아니야.
과거에 잃어버린 것들이 있다는 생각이 들어도
내 옆에 있는 누군가에게 안겨 울기도 하고
부딪히기도 하면서 진주알을 하나씩 꿰다 보면
네 슬픔이 진주알처럼 빛날 때가 올 거야.
그리고 먼지처럼 툭 하고 털어낼 때도 올 거고.
분명, 흩어져 있던 마음을 다시 줍는 것은 너뿐이고
그리고 되찾을 수 있는 것도 너뿐이야.
너의 온전한 슬픔을 응원해."

그대는 우주

\#
동
희

1977년 첫 번째 우주탐사선은 지금까지 무려 사십오 년
간 나사(NASA)와 데이터를 교신하고 있는 보이저 1호.
미국의 천문학자 칼 세이건의 《창백한 푸른 점(pale blue
dot)》은 내게 말해준다.

우리의 기쁨과 고통, 이데올로기와 종교마저도 저 작은
점 속에 존재했다고. 그 작은 한 점, 지구 속에 아름다운
시와 음악과 사랑이 있다고. 슬픔이 진주알처럼 빛날 때
증오와 잔혹이 그치지 않고 있다고. 영원히 살 것 같은
착각 속에 우리는 시멘트 속에 갇혀 불안한 삶을 살아간

다고.

책장을 덮고 눈을 감으면 그 작은 점은 저 멀리에서 먼지처럼 빛나다가도 궁극에는 마음 깊은 곳으로부터 오르는 별이 아닌가 생각이 든다.

지구를 뜻하는 '창백한 푸른 점'은 그 후로 많은 사람들에게 영감을 주었고, 영화, 노래, 시…… 수많은 예술 작품들이 창작되었지. 지구라는 푸르고 창백한 작은 점을 보면 인간이 갖는 자만심이 얼마나 부질없는 것인지 느끼게 되거든.

우주에는 천억 개의 은하가 있고 각 은하에는 천억 개의 별이 있어. 지구가 푸른 것은 공기가 있기 때문이야. 그것이 생명이 푸르게 이어지고 있는 이유.

우리는 혼자이지만 함께 호흡하고 있어. 완벽하지는 않아도 완전한 하나의 우주로 세상을 여행 중이니까.

창백한 푸른 점에 매료되어 있던 어느 날 나는 〈그대는 우주〉라는 노래를 썼고, 그 후로 결국 '최소우주'라는 레이블을 만들게 되었지.

그대는 우주

당신은 살아 있나요
그저 살아가나요
외로이 저물어갈까
그게 두려운가요

어떤 날은 아프고
어떤 날은 웃어요
그 사이를 오고 가며
음표처럼 사는 거예요

바람이 머리칼을 스치며
마음속까지 불어올 때
밤사이 내린 비가
깨끗한 아침을 부를 때

마음속 착한 아이가
다시 깨어날 수 있다면
나쁘지 않아요
틀리지 않아요

그댄 투명하고 작은 우주
이미 그대로 완전해요
우린 투명하고 작은 우주
그 사이를 이어가요

자
리
마
다 남은 사랑의 기록 ¶

(동희)로부터
(현우)에게로

여름을
보내는
노래

#
동
희

하늘이 얇은 창호지 같은 재질로 되어 있는데

신들의 실수로 그 막이 뚫린 듯했어,

얼마 전에 며칠간은.

엄청난 양의 비가 이 마른 도시와 커다란 숲과

우리 마음에 쏟아지는 것이

마치 전설 속 어느 괴물의 소행처럼 느껴지기도 했어.

글은 잘 써지니?

나는 쓰는 일이 아직도 너무 재미있어서 다행이야.

초등학교 4학년 때 특별활동으로 과학반에 들어갔었는데

그때 초등학생들에게 선풍적인 인기를 끌었던
알록달록한 과학 상자라는 것이 있었어.
모터 동력을 이용한 모형 조립인데,
그때의 난 호기심과 창의력이 폭발적이었던 것 같아.
비행기, 자동차, 풍차, 의자 등
나사를 조이고 연결해서 못 만드는 것이 없었지.
글쓰기는 그때의 내 과학 상자처럼
아주 오랜 내 호기심과 창의력의 놀이터처럼 느껴져.
물론 가끔은 '백지의 공포'라는 말이 무섭게 와닿지만,
어쩌면 그건 내 마음에 욕심이 가득해서인 것 같아.

내 손이 움직이는 대로 거르지 않은 생각들을 옮겨 적을 때
그 글들은 들판에 핀 민들레 한 송이가 되어버려.
우연히 핀 꽃에서 수많은 포자들이 날아가 씨를 뿌리지.
그 작은 가루들이 그 많은 생명을 싣고.
민들레는 볕이 잘 드는 곳에서 자라나.
우리의 글이 누군가에게 가서
봄볕이 되어 그 마음을 비추어주고
그 마음에서 또 예쁜 민들레가 피어난다면
더 바랄 게 없겠지.

그것은 노래의 역할이기도 해.

치유.

나는 내 노래가 누군가를 살게 했으면 좋겠다.

현우는 너의 시가 어떤 역할을 했으면 좋겠어?

여기저기서 여름이 가는 소리가 들려.

바람이 서늘해졌다. 감기 조심~!

시는
창밖에 내리는
함박눈 같고

#
현
우

누나, 저는 여태까지 여름을 싫어한다고 생각했는데요,

기억을 돌이켜보면

즐거웠던 기억들은 여름 속에 있었던 것 같아요.

초등학교 4학년 때

교내에서 하는 과학 상자 대회를 나갔던 적이 있어요.

대회에 나가기 위해서

동그라미를 자동으로 그려주는 기계를

조립했다가 분해했다가

몇십 번을 반복해서 연습했었어요.

대회에 나갔던 날, 생각처럼 조립이 되지 않았고
두 시까지 제출해야 하는 상황이었는데
시간을 넘겨버렸어요.
대회가 끝나고도 여섯 시까지 남아서 조립을 하는데
담임선생님이 그것을 보더니
"현우는 어른 되면 무라도 썰겠어"라고 말씀하셨죠.
그 말을 듣고 묵묵히 조립했던 기억이 나요.

시 쓰는 일은
마치 물 위에 쌓아 올리는 성이 아닐까 해요.
시를 쓴다고 해서 쌀을 주진 않거든요,
언제든 무너질 수 있고
언제든 쌓아 올릴 수 있다고 생각해요.
그것이 인간의 숙명이고 삶이니까.
인간이 그 대상을 불멸화할 수 있는 유일한 수단이
제게는 시인 것 같아요.

문득 창밖에 내리는 눈들이 쌀알같이 느껴져요.
가로등 빛에 반짝이는 눈들이
겨울에 발견한 가장 아름다운 장면이기도 하거든요.

제 시가 흰 눈처럼 사람들 가슴에 닿았으면 좋겠어요.

닿으면 살며시 녹기도 하면서

살짝 차갑게 닿기도 하면서

먼 곳에서 본 풍경처럼

그 속에 들어가고 싶다는 마음이 들게 하면서요.

살아 숨 쉬고 있다고 느낄 때,

제가 눈으로 만든 얼음 성으로 초대하고 싶어요.

나뭇잎
사이로

동
희

하늘이 유난히 파랗고 높다고 느껴지거나
저녁 공기가 더 이상 뜨겁지 않다고 느껴지는 계절이면
난 그 노랫말이 생각나.

"여름은 벌써 가버렸나
거리엔 어느새 서늘한 바람
계절은 이렇게 쉽게 오고 가는데
우린 또 얼마나 어렵게 사랑해야 하는지"

두 손이 아직 너무 작아

레코드판을 잡기도 너무 조심스럽던 그때는
이 노래 가사의 의미를 잘 알지 못했어.
그저 '나뭇잎 사이에 뭐가 있다는 거지?'라고 생각했을 뿐.

집에서 10킬로미터 정도,
나뭇잎 사이로 비치는 햇살 아래로
내 자전거 '블루'와 달리면 한강 위 카페에 도착해.
운이 좋으면 한강이 잘 보이는 구석 자리를 차지할 수 있지.
오늘은 운이 좋은 날이야.
오후의 햇살이 볼을 달구긴 하지만 이 또한 지나가겠지.

지금 내 눈앞에는 태풍이 지나간 후 불어난 한강물 위로
노랑 파랑 빨강 오리 배들이 무색하게 떠 있어.
회갈색으로 뒤흔들린 강물은 여전히 반짝이는구나.
나는 이런 순간 가슴을 설레게 하는 미동이 일듯
울컥하는 행복을 느껴.
당장 해야 할 일이 나를 좇지 않는,
불안의 씨앗이 사그라든 이 나른한 오후,
부서지는 윤슬에 떠오르는 단어가 있다면
그것은 '평화'야.

테이블에 커피를 쏟지도 않았고,

휴대폰 배터리가 방전되지도 않았고,

음악이 시끄럽지도 않으며,

너무 덥지도 너무 춥지도 않은 이 상태.

이런 순간들은 우리의 삶에 들판 건초처럼 많지.

우리가 알아채지 못하는 것일 뿐.

해가 지려 하네.

이제 노을을 보며 바람을 온몸으로 맞을 시간이야.

바람이 내 몸의 모든 감각을 관통하는 느낌이

극에 달할 때,

나는 또다시 "아~ 행복해"라고 속삭여.

"행복해"라고 말하면

몇 배는 더 행복해지는 기분이 들거든.

네가 있는 평택 곳곳에서는 가을의 기미를

더 많이 느낄 수 있겠지?

마당의 예쁜 흰둥이, 찹쌀이도 평화롭게 잘 있니?

눈썹 위로
하늘이 물들   때

\#
현
우

누나, 삼 개월 전에 찹쌀이를 잃어버린 적이 있어요.

해가 굉장히 강한 날이었는데,
한참을 왔다 갔다 하다가
지쳐서 느티나무 아래 앉았어요.
식물들이 말할 수 있으면 얼마나 좋을까
이런 생각도 했던 것 같아요.

결국에 찹쌀이를 찾은 자리는
저랑 자주 갔던 산책로였어요.

생각보다 쉽게 찾을 수 있어서 다행이기도 했고
허탈하기도 했어요.

누나가 적어준 노랫말을 곱씹어서 생각해보았어요.
사랑은 왜 어려울까 하고요.
진짜 사랑이라는 것이 무엇일까 하고요.

사랑의 속성은 서로 관통할 수 없다는 생각이 들어요.
나뭇잎 사이로 비치는 햇살 같기도 해서
그저 우리의 눈을 감게 하는 것
그래서 내 눈썹 위에 하늘빛 물감이 드는 것.
그러니까, 하늘을 그냥 하늘색이라고 부르듯이
사랑도 사랑으로 물들어가는 것
그 자체가 아닐까요.

하늘을 오래도록 바라보면
오래된 것들이 얼굴 위로 쏟아지는 것 같아요.
요즘엔 저에게 다녀갔던 묘묘와 털보가 생각이 나요.
강아지 그리고 고양이는
아직도 숨길 수 없는 무조건적인 사랑들이에요.

캐치볼

지난 시간이 그대로 있다는 건 아득히 멀다는 말과 같지.

한곳을 오래 보면 오래된 것들이 보인다.

사랑했던 시간은 그 시절에만 유일한 우리의 마음이라는 거.

우리의 이야기는 끝이 난 지 오래라는 거. 만질 수 있지.

네게 달려가 와락 껴안을 수 있지. 하고 싶었던 말들을 모두 할 수 있지. 내가 저 멀리 던진 우리의 공은 어디로 가고.

이리 와. 하고 부르면 너는 지금 내게 달려올 것만 같은데.

기다려. 했던 나를

아직 그곳에서 기다리는지

잘 있어. 눈을 감으면 모든 것이 제자리에 있다.

삐삐를
기억해?

동
희

어제는 참 바쁜 날이었지.

대학원 개강을 했는데,

4학기라 논문 준비가 낯설기도 하면서 버거워.

그런데 뭔가 해야 할 일이 있다는 것은

부담스러우면서도

나를 생생하게 만드는 보드라운 채찍 같아.

세상에서 자는 것이 제일 좋은 나인데,

덕분에 계속 책상에 바로 앉고, 세상을 보고, 계속 쓴다.

가사 의뢰가 들어와서 쓰고,

내가 기획한 '투트랙 프로젝트' 가사를 쓰고,

책을 쓰고,

개인적으로 남겨두고 싶은 날들을 기록하기도 해.

무언가를 계속 써야 한다는 것.

그것은 어쩌면 편안한 배영처럼 보이기도 할 거야.

삶의 현장에서 땀 흘리는 사람들이 보기엔 말이야.

공기 좋은 곳이나 풍경 좋은 곳에서

따스한 차나 시원한 아메리카노와 함께

단출한 차림으로, 단지 노트북이나 펜 하나만 들고.

하지만 써낸다는 것은

자신의 마음 바닥까지 싹싹 긁어서 퍼내는 일 같아.

가사를 쓸 때도 대충 글자 수를 맞춘 글인지,

진심으로 쏟아져 나온 글인지는

자신이 제일 먼저 알지.

그래서 자주 생각해. 무엇을 쓸까? 아니, 어떻게 쓸까?

내 손끝에 마치 신이 내려온 듯이

속사포처럼 써나가는 날은

'그 신이 머신이로구나' 생각하며 혼자 웃기도 하고.

어떤 날은 아무리 얘기를 하고 싶어도

한 줄도 못 쓰겠는 날이 있기도 하잖아?
오늘은 그런 날이었어. 그저 빈둥거리고 싶은.

오후에 우리 언니에게서 카톡이 왔어.
'너, 삐삐 기억나?'
삐삐라 하면,
스무 살 때 허리춤에 차고 다니던 그 통신수단?
아니면 초등학생 때 보던 그〈말괄량이 삐삐〉?
의아해하고 있는데 답장이 왔어.
'네가 키우던 소라게 말이야.
너 목걸이 만들어서 학교에도 데리고 다녔잖아.'

아, 삐삐! 내가 문구점에서 산 소라게!
30년 동안 한 번도 생각해본 적 없던 그 작은 존재.
나는 삐삐를 기억하고 있는 언니의 기억력에 감탄했어.

그 애가 죽던 날
내가 엄청 울었다는 얘기도 언니가 덧붙여주었는데,
그날의 슬픔이나 계절, 날씨는 잘 기억나지 않지만
나는 왠지 모를 안도감이 느껴졌어.

내가 그 애를 아꼈었다는 것에,

존재의 상실에 슬퍼할 줄 알았다는 것에,

그리고 그 기억을 나눌 수 있는 사람이 있다는 것에.

소라게를 검색해보았어.

야생 소라게는 30년도 산다는데

삐삐는 왜 그리 빨리 떠났을까 생각하면서.

소라게는 자기만의 껍데기가 없고

몸집이 커지면 다른 집을 찾아 나선대.

그런데 요즘엔 바다 플라스틱이 너무 많아져서

그 속에 들어가 나오지 못하고 죽는 경우가 허다하대.

인도양과 태평양 섬 두 곳에서

57만 마리에 가까운 소라게들이

플라스틱 쓰레기 때문에 죽었다는 연구 결과가 있어.

인간은 바다 생물들에게도 빚을 지고 있구나.

몸집이 커진 삐삐에게

집을 찾아주지 못한 채 학교에 데리고 다니며

내 만족이 사랑이라 믿었던 잘못이 그 애를 보낸 거겠지.

모든 생명에는 그에 맞는 환경이 있는데 말이야.

오늘은 잊었던 내 친구를 꿈속에서 만나고 싶어.
남산 언덕을 숨 가쁘게 오르내리던 스무 살 내 모습도.

혹시 말이야,
기억 속에서 다시 누군가를 만날 수 있다면
누굴 불러오고 싶니?

슬픔이
또 밀물처럼
밀려오겠지만

#
현
우

누나의 소녀 시절은 저와 너무 비슷한 게 많네요.

그래도 저보다 누나가 양반이라는 생각이 듭니다.
소라게는 왜 그렇게 잘 죽는지.
죽은 소라 껍데기들을 보석함에 모아두었던 게
기억이 났거든요.

지금 순간에 가장 보고 싶은 친구는
'계란 요정'이에요.
아주 작고 노란 병아리요.

학교 정문에서 병아리를 파는 할머니가

제게 아픈 병아리를 공짜로 준 적이 있었어요.

병아리를 안고 돌아와서

어떻게 하면 잘 키울 수 있을까 생각하기도 하고

병아리가 닭이 되어서

하루에 달걀을 몇 개씩만 낳아준다면

부자가 될 우리 집을 상상하기도 했어요.

처음 데려온 날은 따뜻한 집에 계속 있어서 그런지

병아리가 기운을 차리더라고요.

며칠 뒤에 비가 내렸는데,

비 구경을 시켜준다고 병아리를 밖에 데리고 나간 것이

화근이 되었지요.

그때 병아리를 통해서

사랑이 무엇인지 알게 되었던 것 같아요.

누군가 말해주지 않아도 알게 되는 게 많아지는 것

오롯이 내가 어른이 되는 것

그런 것이라고 믿고 있어요.

ps. 참 누나, 써낸다는 것이 퍼내는 것이라는 말에 고개가 끄덕여졌어요. 제게 쓴다는 의미는 내 안의 슬픔들을 계속해서 길어 올리는 작업 같아요. 그리고 그 밑바닥에 있는 반짝거리는 소라 껍데기 같은 것들을 줍는 것이겠죠? 또다시 밀물처럼 슬픔이 밀려오겠지만요.

겨울 소묘

흰 눈이 내 꿈을 덮으며 읽어 내릴 때
길 위에
잘 있어. 라고 쓰면

밤새 네가 다녀간 것 같다

말이 없어도
끄덕이게 되는 것들,
쌓인 눈은 나무에게 입술을
허물고

마음의 뒤편은 늘 젖어 있다

눈을 먹는
마음

동
희

오래전에 본 아버지의 영화 〈육체의 길〉은
제목처럼 모든 것을 잃고 육체만 남은 한 남자의 이야기야.
돈과 명예를 모두 버리고
사랑이라 믿은 것들로 숨어버린 남자.
눈이 펑펑 오는 날 다시 가족을 찾아온 남자.
스위트한 멜로디가 흘러나오는 따스한 창문 안쪽을
마치 성냥팔이 소녀처럼 그저 창문 밖에서 바라보던 남자.
영화에서 그는 결국 눈 속으로 사라져버려.
골목길 외등처럼, 빈방의 달빛처럼 그저 외로이.

당시 아버지가

〈육체의 길〉, 〈육체의 고백〉 각본을 쓰고 연출하며

'육체'라는 실존주의 사상에

심취해 있었다는 글을 읽은 적이 있어.

프로이트가 말한 무의식의 발견으로

인간은 이성적인 존재가 아니며

본능 앞에 노출된 연약한 존재임이 밝혀졌다고 해.

그 본능적 욕망의 모든 진원지는 바로 육체이고.

이름과 명예와 신분이 소멸된 존재로서의 육체를

우리는 무어라 부를 수 있을까?

동물과 다름에도 불구하고

영화 속 그 남자는 인간으로서의 권리를 누리지 못해.

인간이 아닌 그저 육체만을 이끌고

눈 속으로 사라진 남자.

하얀 눈은 그에게 면죄부가 되었을까.

다 같이 덮는 포근한 이불처럼

누구에게나 공평한 흰 눈을 맞으며.

하얀 눈이 내리는 날이면 나는 마음속으로 기도를 해.

잘 가요, 아빠.

잘 가요, 엄마.

눈이 많이 오던 겨울에 모두 떠나가고

나는 그저 하얀 눈을 먹는 마음으로 슬픔을 삼켰지.

뱉어낼 곳이 없었기에

기대어 울 곳이 없었기에

나는 그저 눈물을 삼키며 내 안의 슬픔을 타일렀어.

유년의 언저리 어딘가에서

새하얀 눈길을 반은 미끄러지며 달리던 아이는

하늘을 품을 듯 두 팔을 활짝 벌려 눈을 맞았어.

그래, 나는 그렇게 겨울을 기억해.

포근한 이불처럼

누구나 용서받을 수 있는 면죄부처럼

하얗게

하얗게.

천사의 시

인간에게 육체가 있다면 그럼 영혼도 있을까요?

누나의 육체 이야기에
영화 〈베를린 천사의 시〉의 천사의 눈빛이 기억났어요.
영원한 것이 아니라 현재를 살고 싶다고 외치는
천사의 이야기가요.

마치 천사의 눈으로
인간이라는 시를 해석하려는 것 같아 보였어요.
인간은 태어나고 자라고 또 다른 사람을 죽이기도 하고

자살을 하기도 하고
어지럽고 혼란스러운 한 인간의 세계…….
우리에겐 너무나 평범하고 당연한 일이겠지만
천사들에겐 그것이 특별하게 느껴졌나 봐요.

누나, 육체가 영원하지 않기 때문에
인간은 언제나 위태롭겠죠.
그리고 아름다울 수 있는 거겠죠.
육체는 유한하니까. 썩어 없어지니까.
그래서 우리는 육체의 옷을 입으면서
우리가 존재한다고 말할 수 있겠죠.

주인공이 육체가 만져지는 인간으로 살기로 선택했을 때
흑백에서 컬러풀하게 바뀌는 장면에서
우리가 당연하게 여겼던 것들이 무엇이 있나 생각했어요.

말하고 떠들고 웃고 걷고
울고 누군가를 그리워하고.
정말, 그런 인간은 한 편의 시 같아서,
저는 오늘 밤에 시를 꼭 한 편 쓰고 자려고요.

죽기 직전까지 우리는 불완전하기 때문에

결국 그래도 완성할 수 없기 때문에

언제든지 무너질 수 있는 보잘것없는 인간이지만

천사들에게는 부러움을 사는 존재라는 것에

약간은 마음이 벅차오르기도 합니다.

오늘은 제 방에 밤의 천사들이 노크를 해주면 좋겠어요.

귀와 뿔

눈 내린 숲을 걸었다.

쓰러진 천사 위로 새들이 몰려들었다.

나는 천사를 등에 업고

집으로 데려와 천사를 씻겼다.

날개에는 작은 귀가 빛나고 있었다.

나는 귀를 훔쳤다.

귀를 달빛에 비췄고

나는 천사에게 말을 배웠다.

두 귀.

두 개의 깃.

인간의 귀는 언제부터 천사의 말을 잊었을까.

아무것도 들리지 않는 순간과

타들어가는 귀는

깃을 달아주러 오는 밤의 배려.

인간의 안으로만 자라는 귀는

끝이 둥근 칼날.

되돌려주지 않는 신의 목소리.

불로 맺혔다가

어둠으로 눈을 뜨는 안.

인간에게만 닫혀 있고

새와 구름에게 열려 있다.

목소리를 들으려 할 때

귓바퀴를 맴도는 날갯짓은

인간과 천사의 사이

끼어드는 빛의 귀.

불이 매달려 있다고 말하면

귓불을 뿔이라고 말하면

두 귀.

두 개의 뿔.

청년

2018년에 《젊은 음악가를 위한 슈만의 조언》이 나왔을 때 나는 얼른 달려가서 이 책을 집어 들었어. 아주 오래 전, 산전수전 다 겪은 19세기 음악가는 과연 무슨 말을 하고 싶었을까 너무너무 궁금했거든.

낭만주의 음악의 거장 로베르트 슈만이 젊은 음악가들에게 하고 싶었던 말을 영국의 첼리스트 스티븐 이설리스가 자신의 의견을 보태 책으로 펴냈어. 이 글들은 슈만이 1849년에 피아노 작품집 〈어린이를 위한 앨범〉과 함께 발표하려고 쓴 것이었는데, 슈만은 자신이 만든 음악

잡지인 《음악 신보》에 글을 쓰기도 했대.

19세기의 슈만과 21세기의 이설리스, 시대를 넘어선 진리. 음악을 대하는 태도나 마음을 이야기하고 있지만, 사실 이는 어느 직종에나 적용되는 진실의 이야기인 것 같아. 나는 이 책에 거의 모든 장에 밑줄을 그어가며 명심 또 명심했어.

모르는 것은 부끄러운 게 아니니 아이처럼 물어보기.
무엇인가 다 안다고 생각할 때 겸손하기.
겸손이 지나쳐 내적 오만이 되지 않게 하기.
늘 하던 것, 익숙한 자기복제를 두려워하기.
그럼에도 불구하고 멈추지 않고 계속하기.

언젠가 네가 나이 지긋한 선배가 되었을 때, 후배들에게 해주고 싶은 말은 무엇이니?

청년

그때는 무얼 해도 다시 푸르러져
다른 색을 맘껏 칠해봐도 괜찮아

구름의 그림자 위에 올라타
지나가는 그림자일 뿐이잖아

너의 볼 붉게 필 때까지
마음껏 달리고 넘어져도

그 가쁜 시간들 머무르지 않으니
무모하게, 바보처럼, 무언가 잃어보기도 하렴

언젠가 파도를 지나 강물을 지나
작은 샘에서 어제를 낚으며 웃게 될 거야

젊은 시인에게
보내는
편지

현
우

지금 답신을 쓰고 있는 중에 로베르트 슈만의 연가곡집 〈시인의 사랑〉 중 〈아름다운 5월〉이 떠올랐어요. 인간이 느끼는 낭만과 아름다움이 시간이 흘러도 공유되고 공감 갈 수 있다는 것에 놀랍기도 하고 감사하기도 합니다.

제가 거의 모든 장에 밑줄을 그어가면서 읽었던 책이 라이너 마리아 릴케의 《젊은 시인에게 보내는 편지》였어요. 릴케는 '고독'을 시인에게 중요한 요소로 보았고, 자신의 시를 굳이 다른 사람에게 요청하거나 다른 사람의 시선을 신경 쓰지 않고 자신만의 세계를 확고히 하는 태도에 대해 이야기하는 부분에서 많은 공감이 갔어요. 혼자 이 세상에서 태어난 사람이 고독한 것은 너무나 당연한 것이고, 이것을 회피할 것인가 이겨낼 것인가는 인간 개인의 선택이겠지요.

여덟 번째 편지에서 릴케는 '슬픔'에 대해서 이야기하고 있는데, 인간의 생애에서 슬픔이란 부정하고 배제하는 것이 아니라, 정면으로 맞서고 극복해서 성장의 발판으로 삼아야 한다는 부분에서 밑줄을 여러 번 그었습니다.

누나, 지금이나 십 년 후에나 저의 마음은 변함이 없을 듯합니다. 그러기 위한 필수 과정으로 이 길이 맞는 것인지, 난 이 길밖에 없는 것인지 심층적인 내면을 파고들어야 하는 것. 여기서 가장 중요한 것은 인간 스스로 해결할 수밖에 없다는 것, 어떤 문제가 나를 고통스럽게 잠식하더라도, 무엇이라도 하고 있는 당신의 그 무형 혹은 유형의 것들이 무조건 다시 부메랑처럼 돌아온다는 것이에요.

통영의
맛

\#
동
희

아빠는 굴을 초간장에 찍어 먹는 걸 좋아하셨어. 요즘에
나오는 손마디 정도의 큰 굴이 아니라 손톱만 한 작은 굴
이었어. 어린 나한테는 이해가 안 되는 어른 음식이었는
데 스무 살이 넘은 후 술맛과 함께 내게 찾아온 굴 맛. 그
굴 맛을 볼 때마다 나는 아버지 생각과 바다 생각이 나.
그중에서도 굴이 많이 나는 남쪽 바다.

매년 삼월이면 통영에 가곤 해. 수년 전 통영국제음악제
를 보기 위해 결성된 모임이 있어. 통영에 사는 시인 선
생님께서 지인 몇 명을 초대해 공연도 보여주고 맛있는

음식도 대접해주셨는데, 그때 우리는 완전히 통영의 매력에 푹 빠져버렸지.

좋아하는 선생님 열 분 정도와 함께 봉고차를 빌려서 가는 삼월. 통영에서는 국토의 최남단답게 엄청난 벚꽃 축제가 시작돼. 통영국제음악당에서 공연을 보고 나와 길을 걸을 때면 언제나 가장 먼저 얼굴을 내민 하얗고 붉은 벚꽃들이 우리를 맞이해 주어서 각자 폰을 꺼내 사진 찍기 바쁘지.

통영에는 '다찌집'이라는 식당들이 즐비해 있어. 여기서 '다찌'란 통영의 술 문화 중 하나로, 술을 주문하면 제철 해산물 안주와 같이 내오는, 일종의 코스 이름이지. 원래 '다찌'는 '서서 술을 마시다'라는 뜻의 일본어 '다찌노미(立ち飲み)'에서 유래되었다고 해.

다찌집은 통영 어부들이 술의 힘을 빌려 고된 뱃일을 견디기 위해 잔에 술을 붓고 들이키는 문화에서 비롯되었다고 하지. 안주의 구성은 주인 마음대로이고 어떤 날은 구운 떡을 주기도 했는데 다음 음식이 무엇이 나올지 귀

신도 모를 정도로 기발해. 주는 대로 먹다 보면 배가 너무 불러서 그다음 음식이 내가 좋아하는 음식이면 어쩌나 걱정이 되기도 하지. ^^

세 번째 통영행에 함께하신 황현산 선생님이 다찌집에서 한 시간 정도 지났을 때 "아~ 내 위가 하나인 게 너무 원통하도다"라고 말씀하셔서 우리 모두 공감의 박장대소를 했지. 이듬해 선생님께서 돌아가셨으니 그때가 선생님과의 처음이자 마지막 여행이었는데, 사진을 보면 그때의 추억들이 자주 생각나.

통영에서 굴 맛과 벚꽃만큼 기억에 남는 게 있다면, 바로 다찌집에서 애피타이저로 주었던 쑥도다리국이야. 인생 처음 먹어보는 음식이라 비리면 어쩌나 싶어 멈칫했는데 한 수저 맛본 후 거의 마시다시피 한 그릇을 비웠어. 들판과 바다를 한 번에 마시는 기분이랄까? 너무나 향긋하고 시원해서 봄이 고스란히 몸으로 들어왔지.

며칠간 왕처럼 먹고, 듣고, 보고 나면 한 해를 시작할 기운을 얻곤 해. 맞아, 언젠가부터 나의 봄은 통영에서 시작돼. 유려한 첼로 소리로, 아름다운 교향악으로, 향긋한 쑥도다리국으로, 함께하는 우리의 웃음소리로.

가끔 서울에서 굴을 볼 때면 옛날 아빠의 소주잔과 통영의 벚꽃이 함께 떠올라.

혹시, 특정 음식을 보면 떠오르는 기억이 있니?

물끄러미

#
현
우

누나, 저는 백김치를 보면요,

폭설이 내리던 그 밤이 생각납니다.

할머니를 보내고 온 날이었는데,

엄마가 소파에 누워 있었어요.

소파 등받이로 고개를 돌리고 잠이 드신 것 같았죠.

이불을 덮어주려고 다가갔는데,

엄마가 흐느끼고 있다는 것을 알았어요.

엄마는 아무 일이 없었다는 듯이

퉁퉁 부은 눈으로 밥을 먹자고 하더라고요.

제가 꺼내 온 반찬 통에는
할머니가 만들어놓았던 백김치가 있었어요.

저는 식탁 위에 덩그러니 있는 백김치만 바라보다가
엄마의 눈동자를 한참 바라봤어요.
눈 내리는 창밖이 비치는 엄마의 눈을요.

결국, 엄마와 저는
할머니의 마지막 김치를 먹지 못했어요.
할머니의 손길이 아직도 남아 있는 것 같아서,
아니 마지막으로 남긴 김치를 먹어버리면
이 생으로 연결된 끈이 끊어질 것만 같아서
더 그랬을지도 모르죠.

할머니가 떠났음에도
혼자가 된 엄마에게 문득 이런 질문을 해보고 싶었어요.
"엄마는 엄마가 이제 없는데 괜찮아?"라고요.

엄마는 어떤 마음으로 살아갈까요.
엄마는 이제 자신의 엄마가 완전히 사라져버린,

그러니까 엄마가, 엄마가 없는 마음으로 살아가겠죠.

저는 할머니와 나중에 언젠가 다시 마주 설 수 있는 그날,
그 아름다운 믿음을 믿으며 오늘을 살아요.

오늘은 오랫동안 엄마가 없었던 친구와 함께
하루 종일 있었는데,
그때 떠올랐던 시가 있어요.

엄마가 없는 기분은 어떤 기분일까요?
나는 물끄러미 그 친구의 눈빛을 보면서
아득하게 겨울 햇빛 아래 서서
두 눈에 비친 영원한 슬픔을 보았던 것 같아서,
어떤 안도감과 고마움과 슬픔이 밀려와서
눈을 감아버렸지 뭐예요.

물끄러미

처음 보는 슬픔의 한낮

흰 구름 사이를 올려다보면 나는 미끄러지고 있다.

만질 수 있지만 다시 돌려받을 수 없는 기분으로
나는 혼자 돌아와 미역국을 뜨다가
우두커니
죽은 이를 생각하다 보면
한곳으로 계속 미끄러진다.

창밖으로 미끄러지는 빗방울,
반쯤 물이 차 있는 어항.
수은등 아래 출렁이는 어둠 속에서
나는 물고기 우는 눈으로 미끄러진다.
더는 넘어가지 않는 달력의 시간으로
빨리 죽은 엄마의 시간으로 미끄러져
쥘 수 없이 잠든 금붕어를 건져내면
죽은 것들이 나에게
물끄러미.
한꺼번에 쏟아질 것 같다.
오래 잠들던 나의 꿈을 엄마가 흔들어 깨울 때
누군가 내게 얼굴을 만져주는 것 같아

햇살 반대 방향으로 돌아눕고
나는 자꾸 눈가가 젖는다.

반대편에 선 엄마가
물끄러미
나를 본다.

연대기

동
희

'사랑이 무얼까'라는 질문은 누구에게나 일생 답 없는 질문일 거야. 그렇기에 그토록 많은 문학과 노래가 탄생했겠지. 사랑은 세로의 시간. 누군가의 일생처럼 삶의 어느 지점마다 남아 있는 뜨거운 기록이 아닐까 싶어.

통영에 방문했을 때 작곡가 윤이상의 생가가 있던 곳에 지어진 기념관에 방문했었어. 윤이상은 20세기 가장 중요한 작곡가로 인정받았지만 정작 한국에서는 이념적 희생양 신세로 그의 음악이 제대로 연주되지도, 연구되지도 못했어. 결국 그가 고국의 품으로 돌아온 것은

2018년, 그가 사망하고 이십여 년이 지난 후였어. 한려 수도가 내려다보이는 통영국제음악당 동쪽 바닷가 언덕으로 말이야.

기념관 벽에는 그의 생애와 업적이 연대기로 그려져 있었는데 나는 그걸 보고 또 보았어. 어떻게 한 생애가 저렇게 기구하고 훌륭할 수가 있을까. 어린 나이임에도 어쩜 모든 선택이 저리도 용감할 수 있을까.

통영에서의 학창 시절과 파리, 독일에서의 유학, 동백림 사건 연루(동베를린 사건이라 불리는 간첩 누명 사건), 세계적 인사들의 윤이상 구명 운동, 그 후 독일에서 죽음을 맞고 다시 한국 땅에 묻히기까지의 연대기가 정말 방대한 영화 한 편 같았지.

나는 그의 소지품들이 전시된 방에서도 한참을 떠나지 못했어. 참 묘하게도 시간 여행을 하는 기분이었거든. 그의 안경을 보며, 그의 펜을 보며, 그의 글씨를 보며…… 어떤 마음이 배어 있을지 순간순간을 상상하며 눈을 감았어.

시간이 우수수 머리 위로 떨어져 내리고 나는 그 비를 맞고 있는 것 같았어. 그리고 가슴 아래쪽에서부터 뭔가 뜨거운 불덩이가 올라왔는데, 나는 그것을 '열정'이라고 기억하고 싶어.

모든 사람이 의미 있는 삶을 살 수도, 모든 사람이 큰일을 할 수도 없지만, 적어도 사람들의 마음을 만져주는 노래를 남기고 싶다는 욕구가 나를 휘어 감았지.

내가 기획한 '투트랙 프로젝트'의 첫 번째 트랙 〈연대기〉라는 노래는 그때 그 기념관에서 보았던 한 사람의 뜨거운 일생에서부터 왔다고 할 수 있어. 어느 날 정승환 군과 얘기하며 노래가 되었지.

'사랑이란 사라지는 것이 아니라 그날, 그곳, 그 시간에 남아 있는 것'이라고, '자리마다 남은 우리 사랑의 기록'이라고 세상에 꼭 새겨주고 싶었어. 누군가의 뜨거운 삶처럼, 우리들의 사랑도 하나의 일생이기도 하니까.

노래 가사는 많이 정제되었지만, 처음 글은 이랬어.

연대기

벚꽃이 너의 눈썹 위에 앉던 봄
작은 우산 빗물이 어깨를 적신 여름
낙엽보다 자주 안기던 너의 편지
하얀 눈 눈물이 되어 녹던 날

너의 볼이 내 손에 처음 닿은 밤
뺨에 가득 오르던 생기
너는 아직 내 앞에 있지만
이 편지는 내일의 너에게 가 있어

언젠가 이 편지를 읽게 될 때에
우린 많은 걸 기억하지 못할 거야
어른이 되어 있을 거고
다른 게 더 중요하다 느낄 거야

난 지금까지의 우리가
얼마나 소중한지 기억하려 편지를 써
이 편지는 너와 나의 연대기

사랑의 기록이야

고마워 순간마다의 너
내 마음의 모양 변해가도
그때의 우리 모두 거기에 있어
그날 그곳, 그 시간에

사라진 게 아니야
미워진 게 아니야
그때의 우리 모두 거기에 있어
그날 그곳, 그 시간에

다시 올까
혼자이지 않은 봄
기억 속 점을 찍듯
자리마다 너의 웃음

_원곡 2022, 정승환·장필순, 〈연대기〉

너는, 사랑이 무어라고 생각해?

사랑,
다 들려주고 싶은
기쁨

\#
현
우

올 초겨울이 오기 전에 책장을 정리하는데

메리 올리버의 《완벽한 날들》이 손에 집혔습니다.

"가끔은 예상했던 결과에 이르지 못한 실패를 견뎌야 해."

메리 올리버가 쓴 문장을 보면서

'사랑은 예상하지 못했던 실패를 견디는 일이라는 걸까'

의문이 들었어요.

그러다 책 사이에 제가 말린 능소화가

후두둑 하고 떨어졌지요.

능소화의 꽃말은

'당신은 산다는 것의 기쁨을 아는 사람입니다.'

그 기쁨을 연인에게 나누어주십시오'.

'기쁨을 나누어줄 수 있을까요?'라는 생각과 함께

저도 모르게 저에게서 멀어진 사람들이 생각났어요.

사랑은 무얼까요,

살아 있는 모든 의미일까요,

조금씩 알 것 같았다가 모르는 척 오는 계절인가요,

기억나지 않는 꿈들일까요, 새벽에 쓰는 편지일까요,

가을 땅거미를 따라가는 낙엽들일까요,

그래서 밟으면 서걱거리는 소리가 나는 걸까요,

금방 부스러지는 빛들인가요,

우리를 울게 하는 것들인가요.

저는 아직 성숙하지 못한 것인지 사랑을 모르겠어요.

근데 이 두 가지는 알 것 같아요.

사랑은 가까워질수록

우리의 안녕이 빨리 오고

사랑은 슬픔이 끝나고 나서야

서서히 고개를 든다는 것을요.

예술이
삶을
앞서지 않도록

\#
동
희

간혹 이런 푸념 어린 질문을 듣곤 해.

"음악은 재능 있는 사람만 하는 건가요? 타고나야 하는 거죠?"

글쎄, 어떤 일을 좋아하는데 그것이 직업이 될 수 있다면 가장 베스트지. 하지만 뭐든지 저절로 되는 것은 없지 않니?

테슬라의 CEO 일론 머스크가 이런 말을 한 것을 본 적이 있어.

"나는 하루에 네 시간씩 자고 일을 했다. 그런데 여전히 사람들은 나를 행운아라고 부른다."

우리는 사회적 성공을 이루었거나 예술적 성취를 이룬 사람을 두고 쉽사리 이렇게 부르곤 하지. 행운아 혹은 천재. 그 사람이 그 상태가 되기까지는 정말 남모를 노력이 있었을 텐데 무언가 다른 기적적인 요인이 그를 도운 것이라 치부할 때가 종종 있지.

그렇다면 '행운'은 그 자신이 만든 걸 거야. 하늘이 스스로 돕는 자를 돕듯이 그 자신이 스스로를 도운 거지. 자고 싶을 때 자버리지 않았을 거고, 놀고 싶을 때 놀아버리지 않았을 거고, 하기 싫을 때 미루지 않았을 거고, 다 잘라내버리고 싶을 때 호흡을 가다듬었을 거야.

예술의 '예'는 '심는다', '술'은 '재주'라는 뜻이 있어. 예술이란 '기술'과 같은 의미를 지닌 단어로, 어떤 물건을 제작하는 기술 능력을 가리킨다고 해. 예술이 라틴어로는 아르스(ars), 영어로는 아트(art), 독일어로는 쿤스트(Kunst), 프랑스어로는 아르(art)라고 하는데, 여기에서도 '숙련된 능력'이라는 의미가 크다고 해.

'만 시간의 법칙'이라고 많이들 얘기하지? 무엇인가에 숙련된 전문가가 되려면 적어도 만 시간은 훈련을 해야 한다는 뜻인데, 그것만 봐도 결국 예술도 '노력'이 뒷받침되어야 한다는 것을 알 수 있지.

그러나 모두가 예술가일 수 없고, 모두가 발명가일 수 없으니, 우리는 각자의 '자리'에서 각자의 음표로 세상에 울려 퍼지는 하모니가 되는 거겠지. 모두가 같은 음을 낸다고 생각해봐. 정말 끔찍하지 않니?

나도 이십 대에는 그 나이에 맞는 치기 어린 생각들을 많이 했는데, 그중 하나가 '27클럽'이었어. 제니스 조플린, 지미 헨드릭스, 짐 모리슨을 일컬어 3J라 불리는데, 27세에 요절한 음악인들이야. 내 이름이 'Jodonghee'이니까 4J가 되면 어떨까 상상도 했어. 그런데 나는 그리 대단하지도, 강하지도, 단호하지도 못한 보통 사람이기에 어느덧 그로부터 아주 멀리 떠나온 나이가 되었지.

지금은 "예술이 밥 먹여주냐?"라는 말에는 "네" 하고 답할 수 있게 되었지만, 나는 이제 예술이 삶을 앞서지 않기를 바라. 예술은 삶을 아름답게 밝혀주는 여름밤 작은 반딧불이 같은 것. 반딧불이가 넘치는 사람은 자신의 오감으로 다른 사람을 비춰줄 테고, 그렇지 않은 사람들은 여름밤의 그 반딧불이를 그저 즐기면 되는 것이지.

만약에 말이야, 시를 쓰면 죽는 마을로 끌려갔다고 상상해봐. 시를 쓰지 않고 다른 일을 하며 재미있게 살 수 있다면? 너는 어떤 선택을 할 것 같아?

삶이
예술이 되도록

현
우

누나, 제가 메모장에 휘갈겨 쓴 메모들이 있는데요, 이
장면들은 제게 예술이었고 삶이었어요. 기쁨이자 슬픔
이었고요. 저의 시간을 지탱하는 마음이었고, 남겨진 제
게 준 행운 같은 선물이었어요.

휘갈겨 쓴 눅눅한 일기장, 안데르센의《눈의 여왕》, 짧아
진 4B연필, 김장하는 엄마와 할머니, 담장 들장미들의
연둣빛 가시, 할머니의 때를 미는 엄마의 등허리, 어린
시절의 나로 다시는 돌아갈 수 없다는 것을 알아차린 순
간, 할머니의 쿰쿰한 살냄새, 엄마는 언젠가 사라진다는

사실, 삶은 단 한 번의 기회밖에 없다는 것, 대부분의 사람들이 모르고 지나가는 가장 아름답고 빛나는 시절.

누나, 상상하는 것만으로도 속눈썹이 파르르 떨리지 않나요? 저는 자주 슬픔이 오는 방향이 마치 햇살 안에 있다는 생각이 들어요. 제 눈을 감게 하는 것들을 복기해보면요.

제게 온 시는 예술이라기보다 깊은 슬픔이었고, 저를 건져 올리는 구원이었어요. 아무것도 아닌, 그래도 저에게는 전부였던 장면들을 견디면서요.

예술은요, 음…… 그러니까 제가 생각하는 시는요, 한 사람과 이별한 다음 날 오후 베어 먹는 검붉은 자두 알이요! "아, 달다" 하고 말할 수 있는 것이요!

아 참, 시를 쓰지 않고 다른 일을 했다면, 슬프기는 하지만요, 이런 마음을 한 아름 안고서 노래를 하고 있지 않았을까요.

냉정과
열정 사이

\#
동
희

〈냉정과 열정 사이〉라는 영화를 보았니?

나카에 이사무 감독의 영화인데 원작은 2000년 일본의
소설가 에쿠니 가오리와 츠지 히토나리가 공동 집필한
소설이었어. 서로 사랑하는 남녀의 이별 그 이후 팔 년의
이야기를 다룬 작품이고, 에쿠니 가오리는 여자의 심정
에서 소설을 쓰고, 츠지 히토나리는 남자의 심정에서 이
야기를 썼어.

어찌 보면 두 사람이 따로 써 내려간 두 편의 소설이기

도, 대화이기도 한 작품으로, 보고 나면 누구나 첫사랑에 대해 가슴 저린 애틋함을 느끼게 될 거야.

일본에서 2001년도에 처음 개봉했을 때 천오백만 명을 동원했고, 우리나라에서는 2003년에 개봉을 한 후 2016년에 재개봉을 할 정도로 오랫동안 사랑받는 영화야.

사랑.
인류의 에너지이자 영원한 숙제.

누구나 피해갈 수 없는 그 질문을 이 영화는 맑게 보여주고 있어. 사랑의 기적. 그 순진한 생명력에 대해.

요시마타 료와 엔야의 아름다운 음악과 피렌체, 도쿄, 밀라노의 이국적인 화면들이 냉정과 열정을 더욱 극으로 당겨주었고 준세이, 아오이, 그 이름만 들어도 나는 어느새 추억의 이곳저곳에서 나만의 그림들을 주워 모으게 돼.

22

먼지 냄새 높이 오르던 그 책방
빛의 반으로 앉아 있던 너

풀어보지 못한 선물처럼
내 마음이 놓여 있는데

우린 서로에게
가슴 벅찬 노래였지
어제의 너는
지금의 날 만들어준 조각

수많은 계절에 점을 찍듯
이어온 우리의 이야기책

세상이 가르쳐준 것들은
네 앞에서 아무 의미 없었어

그때의 나에게

얘기해주고 싶어

어떤 내일도

오늘보다 빛나진 않다는 걸

네 마음속, 냉정과 열정의 비율은?

슬픔과
열정 사이

#
현
우

횡단보도 앞에서 팔짱을 끼고 서 있었어요.

맞은편, 플라타너스 나무들이 뻗은 가지들이

서로 닿지 않고 자라 있는 모습을 유심히 지켜봤지요.

넓은 나뭇잎 잎맥들이 햇살에 반사된 모습을 보니

마치 빛의 알갱이들이 거미줄에 걸린 듯했어요.

카페 문을 열고 들어가서

오랜 친구와 많은 이야기를 나누었어요.

그런데, 제게 서운한 것이 있다는 거예요.

슬픔이 올 때 저는 저의 동굴로 들어가는 편이거든요.

그래서 그 어둠 안에서 충분히 웅크리고

마늘도 먹고 쑥도 먹고 천천히 일어서는 편인데

친구는 그걸 이해하지 못하겠다고요.

함께 슬퍼하고 곁에 있어줘야 진정한 친구라는 거예요.

나무들의 가장 윗부분이 서로 닿지 않고 자라는 것을

'수관의 수줍음'이라고 한대요. 신기하지 않나요?

나무들이 하는 사랑이 참 사랑스럽다고 생각해요.

나무는 지금도 가만히 있는 것이 아니라

쉼 없이 네게로 흔들리며 가고 있다는 생각.

서로 간격을 유지하면서 서로 기대고 있는 걸까요.

서로에게 향하고 있음을 아는 것처럼요.

플라타너스의 이파리들은

아주 천천히 나뭇잎을 떨어트리는 방법을

알고 있을 테니까,

한 번 건들면 우수수 떨어지는

인간의 작고 가장 나약한 슬픔은 아닐 거예요.

서툰 건 인간뿐이니까요.

살아 있는 동안 모두 완벽하지 않은

우리는 손바닥으로 안녕하면서

끝없이 흔들리는 존재겠지요.

아주 먼 곳에서도, 가장 가까이에서도

그렇게 견디는 거겠지요.

서로 얼마나 떨어져 있든 간에

마음을 들춰보고 서로의 슬픔을 확인해보는 건

여전히 눈부신 사실이고,

사랑이겠지요.

너를 향한 것이
아니야

\#
동
희

사람들의 말들이

모두 가시처럼 와서 박히는 날이 있어.

별 얘기 아닌 말에 상처를 받고,

혼자 이불 쓰고 누워버리지.

어제 내가 기분 좋을 때 했다면 아무렇지 않았을 말이

오늘 내 마음이 지칠 때는 세상 무너질 슬픔의 말이 돼.

나는 그런 날들의 격차를 줄이고자

일희일비하지 않는 훈련을 하고 있어.

"사람들은 자신의 채널로 각자 말을 하지.
그 사람의 분노와 시샘, 푸념은
모두 너를 향한 것이 아닐 경우가 많아.
네가 그저 그때 그 앞에 있었을 뿐이야."

언젠가 내가 좋아하는 친구가 이런 말을 해주었는데
나는 그때 이후로 그 말을 자주 떠올리곤 해.

느티나무
아래서

\#
현
우

화가 나거나 어떤 감정이 해결되지 않을 때,

저는 동네에 커다랗게 자라 있는 느티나무 아래

가만히 한참 서 있곤 해요.

느티나무에게서 제가 배운 것은

굳이 말하지 않아도 해결되는 것들이

생각보다 많다는 거예요.

여름에 내리는 비를 그대로 맞고 있는,

겨울에는 눈을 맞고 서 있는,

가을에는 가지 끝에 햇살을 달고 서 있는,

어제 멀어진 것 같은 친구에게

연인에게

오늘 만날 사람에게

말하고 싶었던 마음들을

잠시 접어두는 시간을 가져보는 거예요.

그러다가 문득 생각이 들면

미친 듯이 고민해보는 거여요.

최선을 다해 고민해보고 움직이면

후회하는 일이 조금은 더 적어지는 기분이에요.

우리에게 놓인 슬픔과 사랑을 항상 망설이게 하는 것은

꿈을 꿀 수 있는 오늘이 있기 때문이겠지요.

게임의
승자

내 이름 앞에 수식어처럼 달리는 두 이름.

조동진, 조동익.

나는 그들의 이름에 빚을 지고 있는 것만 같아.

생각해보면 동익 오빠도 음악을 처음 시작할 때는

'조동진의 동생'으로 불리던 시절이 있었겠지.

누군가 이렇게 말했어.

"넌 좋겠다. 태어나보니 조동진, 조동익 동생이네."

음악계의 금수저라는 말도 한참들 했지.

어릴 때는 그 말이 부담이 되고,
내가 잘못해서 누가 될까 걱정도 되어
'원더버드'라는 밴드를 할 때에는
그런 수식어들을 쓰지 않는 조건을 걸고 함께했었지.

못하면 "동생인데도 못하네" 했고
잘하면 "동생인데 그 정도는 해야지" 했어.
금수저가 아니라 나무수저처럼
쉽게 더럽혀지고 부러질 것만 같았지.

그러나 내가 가사로 쓰임을 받고
차츰 자존감이 생기고 용기가 생겼을 때,
누군가 이렇게 말했어.
"조동희는 큰 나무 아래에서 시들지 않고,
그 옆에 다른 나무를 심었다."
이 말이 내게 너무 큰 용기를 주었어.
처음으로 독립체로서 인정받은 기분이었지.

나는 휴대폰도 없고 외부와 접촉이 거의 없는
두 오빠들을 오랫동안 의아해했어.

답답하지 않나……
급히 할 말이 있을 때는 어떻게 하지?
더 갖고 싶은 욕심이 들 때는 어떻게 하지?
왜 세상으로부터 은둔한 사람처럼 사는 걸까?

그런데 내 나이가
그 시절의 오빠들의 나이를 지나다 보니
너무나도 이해가 되는 거야.
나도 상황만 된다면 그렇게 지내고 싶기도 할 만큼.

제주도에 가서 오빠와 맛있는 음식을 먹으며
음악 얘기를 할 때는 정말 너무 웃기고 재미있어.
유머 코드가 강한 조씨들이라.

내가 오늘 쓴 이 가사의 주인공은 나의 오빠들이야.
이 세상이 놀이에서 벗어나
주사위와 상관없는 곳에 앉은 사람,
결국에는 그런 사람이 승자 같아.

세상의 놀이

난 가진 가면이 많지 않기에
여기 조용히 앉아 있네

난 울면서 웃을 수 없고
웃으며 울 수 없기에

누군가는 내게 나서라고 해
하나를 가지면 하나를 내놓아야 하는 이치
나는 해와 비의 시간을 걸어와
조금 멀리서 세상의 놀이를 바라보네

오르는 새들은 다시 내려와야 해
내려온 빗물이 다시 올라가듯이

시간은 멈추지 않고
세상은 어김없이 흘러

이것만 기억해 우리 숨 다할 때까지

그대의 눈빛이, 따스한 손짓이

누군가를 꼭 살게 하도록

그 사랑이 결국 모두를 안아주도록

만약 이 세상이 게임판이라면,

게임의 승자는 누가 될 것 같니?

프린세스 메이커

현
우

누나, 게임 이야기가 나와서 말인데요,

제가 가장 좋아했던 게임은

'프린세스 메이커'라는 게임이었어요.

여자아이를 육성하는 게임인데,

어떤 아르바이트를 시키는지에 따라 엔딩이 달라집니다.

제가 육성하던 여자아이의 이름은 노엘이고요.

노엘에게 묘지기 아르바이트를 많이 시켰어요.

묘지기 아르바이트를 하면서

죽은 기사들을 만나기도 하면서

엉뚱한 상상을 많이 한 것 같아요.

지하세계에 있는 죽은 사람들을
다시 만날 수 있다는 생각도 하고
죽은 자의 죽음을 지키는 일이
묘하고 성스러운 일이라고도 생각했지요.

언제인가 묘지기가 나의 꿈 리스트 중에 하나였어요.
저도 할머니의 무덤을 가진 적 있어요.
초여름과 가을 사이에 자주 갔던 할머니의 성묘.
할머니의 죽음을 확인하기 위해서 가는 성묫길은
나만의 성스러운 의식과 같은 것이었어요.
상수리나무들이 떨어트리는 작고 푸른 울음을 밟으면
맞은편 수런대는 연둣빛 물결.
제게 일 년에 몇 번 없는 묘지기가 되는 날들이었고,
할머니도, 저도 모르게 자라 있는 무덤가의 풀들을
조심스럽게 잘라보는 날이었어요.
묘지기가 되는 날에는
한 사람만을 위한 사랑의 울음으로
할머니를 불러낼 수 있었어요.
할머니와 마주 앉아 가만히 끌어안기도 하고
할머니의 머리카락을 만져보기도 하는.

몇 년 전에 할머니를
할아버지가 있는 국립공원에 모셨어요.
할머니의 무덤을 파헤쳤을 때,
소나무의 뿌리가 할머니를 감싸고 있었지요.
무덤을 가질 수 없다는 것이,
할머니를 만나러 갈 수 있는 비밀의 장소가 사라진 것이,
더 이상 묘지기가 될 수 없다는 것이,
마치 저는 수천 년 전 성당의 종치기였고
더 이상 종을 칠 수 없게
누군가 저의 손가락을 가져가버린 듯한
이상한 기분이 들었답니다.
할머니와 할아버지가 함께 있는 국립묘지에 가서도
저는 비밀 의식처럼 누구도 모르게 할머니에게 속삭여요.
"와, 할머니 머리 많이 자랐네."

그러니 게임에서는
제가 묘지기로 나올 테니, 죽지는 않을 테니
제가 승자 할게요.

거울 속의
거울

아르보 패르트(Arvo Part)의 곡을 처음 들었을 때 나는 몇 번이나 반복해서 계속 들었어. 단조로우면서도 아름다운 선율은 숭고하기까지 해서 눈물도 살짝 고이더라고.

현대음악의 거장 아르보 패르트는 1935년 에스토니아에서 태어났어. 주로 두 가지 소리나 두 가지 악기로 곡을 전개하는 미니멀리즘 기법이 아르보 패르트의 색깔인데, 바로 〈거울 속의 거울〉 곡에서부터 시작되었어. 극한의 미니멀리즘으로 가슴까지 파고드는 이 곡은 영화 〈어바웃타임〉의 OST로 더 유명해졌지.

열두 살 때 반에서 친한 친구들 몇 명과 버스를 타고 어린이회관에 놀러 갔던 기억이 나. 어린이대공원 옆에 있는 어린이회관은 주로 전시나 행사 위주의 그야말로 어린이들을 위한 회관이었는데, 내가 거대한 진자추를 처음 본 곳이기도 해.

친구들과 까르르 2층, 3층을 구경하다가 어느 방에선가 거울에 비친 거울을 보았어. 그 안에 끝없는 우주가 있더라고. 거울 속의 거울 속의 거울 속의 거울……. 나 뒤에 나 뒤에 나…….

그때 이런 생각을 했어.
'어, 진짜 나는 어디에 있지?'
4차 산업이 발달하면서 나는 자주 이런 생각을 해.
'진짜 나는 어디에 있지?'

〈거울 속의 거울〉, 오늘 이 곡 한번 들어볼래?

참고로, 유튜브에는 이런 댓글이 있었어.
"딸이 태어난 지 2주 만에 심한 심장발작이 있었고 의사는 곧 죽을 거라고 했지만 제 딸은 살아났고 의사는 그 이유를 모릅니다. 저는 그저 딸이 있는 병실에서 이 음악을 계속 들었어요. 이 음악이 무슨 역할을 하는지 아는 분들을 사랑합니다. 이것은 축복입니다."

깨트릴 수 없는
거울

#
현
우

거울을 보고 괜스레 슬퍼지는 까닭은
아마도 나는 누구인가에 대한 질문이
시작되어서일 겁니다.
수많은 사람들을 만나면서
내가 그 사람에게 어떻게 비춰지는지
나는 어떤 사람인지
내가 잘못한 것은 없는지
이런 생각들을 끊임없이 하게 되니까요.

〈거울 속의 거울〉을 들으면서

텅 빈 하늘 아래 흰 새 떼들이 날아오르는
그런 기분이 들었어요.
빛으로 만들어진 깃을 물고 있다가
물빛으로 투명해진 부리 속으로 불어오는 눈보라가
정지된 장면.

우리말 '얼굴'에서
'얼'은 영혼이라는 뜻이고 '굴'은 통로라는 뜻이래요.
우리에게 돋아난 거울이 곧 얼굴이고
그것이 영혼이라는 생각을 해봤어요.
우리에게 영혼이 있으니까
기적을 알아볼 수 있는 눈을 가지고 있는 게 아닐까……
그러니까 깨트릴 수 없는 거울이고
그것은 영혼이고.
우리가 매일 세수를 하는 이유도
영혼을 맑게 하기 위해서가 아닐까요.

여행은
돌아오기 위해
하는 것

＃
동
희

"집에 있는 자는 길을 그리워하고 길 위에 있는 자는 집을 그리워한다."
오래전, 이 문장을 어느 여행 책에서 보았는데 내가 썼나 싶을 정도로 내 마음인 거야.

스무 살부터 가사를 쓰며 생활비를 벌었던 나는 그만큼 주도적으로 살았고 언제든 떠나고 싶을 때 떠날 수 있는 결단력도 있었지. 네가 좋아하는 내 노래 〈동쪽여자〉 가사처럼 "어디든 갈 수 있는 용감한 날개와 시작도 끝도 두렵지 않은 큰마음을 꿈꾸며" 말이야. 주머니에 삼십만

원만 있어도 카드로 비행기 티켓을 끊었으니까. ^^ 그때
의 꿈은 세계 곳곳에서 조금씩 살면서 글을 쓰고 노래를
만드는 거였어. 마음에 드는 곳에서는 좀 오래 살기도 하
고 말이지.

그게 벌써 이십 년이 넘었는데, 나는 아직도 그대로야.
아이들이 태어나면서(그것도 세 명이나) 우선순위가 바뀌
어 조금 늦어졌지만. 난 몇 년 후부터 세계의 작은 마을
들에서 살아보고 싶어. 여기저기 기념사진을 찍으며 바
삐 다니는 관광 말고, 그 땅에 머물며 그곳 사람들과 눈
을 맞추며 현지의 소리를 듣는 거야. 그 지역들의 노래도
궁금하고, 왜 그런 노래가 생겼을까 궁금하기도 해서.
알아보고 다시 들으면 또 다른 노래가 될 테니.

가만히 앉아서 멍한 시간을 많이 갖고, 아무것도 하지 않
고, 머리와 가슴을 비우고, 그저 눈으로 피부로 맞이하는
풍경. 아마 그것들은 내 글에서, 노래에서 살아나겠지.

꽤 열심이던 영화학도였기에 사람들은 나에게 "영화는
다시 안 할 거예요?" 하고 자주 물어봐. 그럴 때면 나는

"내 일이나 잘할게요" 하다가 얼마 전부터 생각을 바꿨지. 죽기 전에 딱 한 편 찍어보고 싶은 애기가 있거든. 내가 좀 더 깊어질 때, 더 비워질 때 하고 싶은 애기. 그 영화의 제목은 〈노래〉야. 노래가 우리를 얼마나 살리는지 그 기록이 될 거야, 동서고금을 막론하고. 내가 여러 곳에서 본 장면들, 그 사람들의 이야기를 담고 싶어. 결국 '마음을 살리기 위한' 영화겠지. 나중에 그때가 오면 응원해줘~^^

길 위에서 집을 그리워하듯, 우리 모두는 마음의 고향을 가지고 있어. 눈을 감으면 아련히 내 작은 심장이 달려가는 곳. 나는 그걸 '아이의 고향'이라고 불러. 힘든 하루 끝에 그 고향을 떠올리면 어디선가 자장가가 들려오지.

몇 년 전, 다섯 번째 인도 여행 중에 조동진 오빠가 이런 말을 하셨어.
"여행은 돌아가기 위해 하는 것이란다, 모든 게 부질없음을 깨닫기 위해서."

그때는 그 말이 무슨 뜻인지 잘 몰랐는데 지금은 조금 알

것도 같아. 부질없음을 깨닫기 위해 우리는 그토록 먼 길을 돌아오고, 그토록 어려운 사랑을 하는 거지. 그래서 나는 아이들에게도 꼭 떠나보라고 말하고 싶다. 가져도 보고, 잃어도 보라고. 가장 중요한 '나'를 알기 위해서 말이야.

현우는 가장 좋았던 여행이 언제였어?

마음으로
돌아가는 길

\#
현
우

밤 기차를 타고 갔던 인도 여행을 잊지 못합니다.

거리에 잠든 개들, 고개를 드는 어둠,

포옹을 하던 사람들,

서서히 멀어지며 덜컹거리는 풍경들.

밤 기차에 몸을 누이고

나는 어디로 흘러가고 있는지에 대해서

물었던 것 같아요.

군대에서 앰뷸런스병으로 일하면서 마주했던 주검들,

귀로 듣고 보고 하는 것들이 유령처럼 느껴졌던 순간들.

제가 보았던 갠지스강은 징그럽고 아름다웠어요.

일몰이 몰려오는 곳,

사람들이 강가에 초를 띄우기도 하고,

빨래와 목욕을 하기도 하고,

아이들이 기도를 하기도 하고,

시체를 태운 재를 뿌리기도 하는 곳.

제가 화들짝 놀랐던 것이 있었는데요,

제가 분명히 보았던 것이 인간의 신체 일부였어요.

발 같은 것이 둥둥 떠다니는 것을 보았거든요.

인도에선 갠지스강을 어머니의 강이라 부른다고 해요.

힌두교에서 강가는 천국에 이르는 계단으로 알려져 있고

강가에 재를 뿌리면 다시 살아날 수 있어서

다시 태어날 생을 위해, 미련을 버리기 위해

24시간 내에 육신을 태워야 한다고 합니다.

죽음과 환생이 교차되는 이곳에서

늘 절 어렵게 했던 기억들이 밀려왔어요.

살아 있다는 것은 내 마음대로 되지 않는다는 걸까요.

나의 어두운 거리에 남겨진 것들이

때로 나를 스쳐 지나갈 때면

그것들도 나의 일부가 된다는 걸 인정하는 일.

그러나 그것이

내 심장이 가장 뜨거웠던 자리라는 걸.

그것이 나의 집으로 돌아가는 길이라는 걸.

마음은 집으로 돌아가는 길에만 멀어지는 것이라는 걸.

바퀴가 구르는 동안은
넘어지지 않아

\#
동
희

나비를 따라 달렸어.

작은 날개가 팔랑팔랑.

투명 커튼처럼 황홀해.

날 어디론가 끌고 가.

간지러운 볼.

머리카락 춤.

그 나비보다 내 자전거 바퀴가 빨라

속도를 조절해가며 달리는데,

그거 아니?

뭐든, 빠른 것보다 느린 게 더 어렵다는 사실. ^^

춤도 느린 춤이 더 어려워.

노래도 느린 노래가 더 어렵고.

하지만 느리게 달리는 것이 아무리 어려워도

바퀴가 구르는 동안은 넘어지지 않아.

바퀴는 생명이야. 살아나게 하지.

계속 꿈꾸고 사랑하기를 멈추지 않는다면

우리는 언제나 생생할 거야.

꺼져가는 불빛처럼 세상과 주변 사람들을 탓하고,

출생을 원망하고, 지나간 연인을 미워한들

남는 게 무어야.

내 촛불만 흔들리지.

나를 둘러싼 모든 것에 내가 좋은 기운을 준다면

세상은 기적처럼 바뀔 거야.

예쁜 말을 하고, 좋은 걸 주려 하고,

감사를 많이 떠올리면

바뀌지 않을 수가 없어.

내 말 믿어봐~^^*

어제 한강변은 정말 가을을 잔뜩 머금고 있더라.

갈대들이 도로까지 몸을 기울여 하이파이브를 해주었어.

(혹시 궁금할까 해서 알려주는 건데,

강가에 있는 것은 갈대, 산과 들에 있는 것은 억새야.

나는 이게 항상 헷갈렸거든.)

자전거를 타다가 바람에 흔들리고

흙길에 덜컹여도 앞으로 나아가는 것.

그게 중요해.

멈추지만 않는다면.

자전거 탈 줄 아니?

하늘색
꿈

현
우

누나! 자전거는 제게 없어서는 안 될 교통수단이었어요.

저는 어릴 때 자전거 타는 연습을 했었어요. 초등학교 입학 선물이 하늘색 바구니가 달려 있는 파란색 자전거였거든요.

저는 엄마에게 선물 받은 자전거를 필사적으로(?) 타고 싶어서 자전거 타기 연습을 했던 것 같아요. 그 어린 나이에 균형을 잡기 위해 굉장히 많은 노력을 했던 게 아직도 기억나는데, 아마 지금까지 살아오면서 무릎이 제일 많이 까졌던 시절이 그 시간이 아니었을까 생각하곤 해요. 몇 날 며칠을 연습하다가 균형을 잡고 텅 빈 겨울 하늘 아래를 질주하던 기억이 아직도 생생해요.

자전거에게 이름도 붙여주었는데, 이름이 하늘이었어요. 하늘색 바구니 앞에 제가 키우던 다람쥐도 넣어서 다니기도 했고 검은색 고양이 묘묘도 태우고 다녔지요.

저의 하늘색 자전거를 떠올리면 주단처럼 깔려 있는 하늘색 꿈 위를 걷는 느낌이에요. 그 길이 끊어져서 이제 다시는 달릴 수도, 볼 수도 없지만, 아주 가끔씩 멋지게 하늘이를 타고 하늘을 날아가는 꿈을 꾸기도 해요. 아마도 지금의 저를 존재하게 했던, 그 하늘색 꿈을 제 마음속에 가득 그대로 둔 채로요.

내 삶이
구원되도록

#
동
희

코로나19가 우리의 삶을 송두리째 바꿔놓은 지 벌써 삼
년이야. 어떤 이는 코로나19 덕분에 4차 산업이 십 년 앞
당겨졌다고도 하지. 학생들은 물리적으로 학교에 가지
않고도 공부를 할 수 있는 방법에 익숙해졌고, 직장인들
도 직장에 가지 않고도 회사가 돌아간다는 것을 체험에
의해 알게 되었어.

가장 실감난 것은 공연예술의 붕괴였지. 음악인들이 설
무대가 눈앞에서 사라져가는 현실을 지켜봐야 했고, 무
엇이든 '있었던 대로 지켜내기'란 쉽지 않은 한 시절을

살아냈어.

무너지는 것 이면에 모든 것이 더욱 빠르게 변하고 있지. 그래서일까. 더더욱 '격변하는 음악 시장에 적응하기도, 살아남기도 어려운 시대에 부질없는 것 같은 이 음악 작업을 내가 왜 또 하고 있나' 싶을 때가 있었어.

누구에게나 조증과 울증이 공존하잖니. 마치 인생의 그래프처럼. 우리처럼 예술을 업으로 하는 사람들은 그 감각이 조금 세밀하게 와닿는 경우가 많을 거고.

그런데 어떻게 이 슬럼프를 이겨내야 할까 깊은 허무에 잠겼을 때. 내게 가장 힘이 되었던 건 팬들이 보내주는 메시지였어. 덕분에 살아갈 힘을 얻었다거나 이 노래를 들으며 하루를 버틴다거나 하는 등의 따듯한 말들은 늘 감사함으로 다가와. 한 사람에게라도 위로가 되고 살아갈 힘이 되었다면 노래는 이미 작은 구원이 되었다고 믿으니까.

친구들과 기타 하나로 밤새우며 놀던 추억, 가사 한 줄에 며칠을 고민하던 불면의 시간들은 내게도 아날로그의 시대처럼 아득해져만 가. 어느 순간부터 음악은 그야말로 산업의 한 종목으로 자리를 잡아가는 느낌이거든. 통신사의 판매 수단으로 '가장 싼 상품'이 되거나 공장의 통조림처럼 양산되어 소비되기도 하고. 음악이 산업 이전에 먼저 예술로서 바르게 자리 잡고 자랄 수 있는 시스템으로 존재하면 좋겠다는 생각도 해보지만, 사실 어느 시대이건 그것은 개인의 선택이고 노력의 부분이니까.

본인의 힘으로 살아가야 하는 생활 음악가들의 활동이 어려워진 것은 물론이지만, 음악이란 늘 그렇듯 삶의 협곡 속에서 더욱 반짝이는 경우가 많았고 그 필요성도 짙어지지. 또한 결국 이 고도의 디지털화는 반드시 아날로그를 다시 부를 것이라고 믿고 있기에, 음악의 생명력은 영원할 거라고 그렇게 말하곤 해. AI가 노래로 사람의 가슴을 울리진 못할 거라는 순진한 믿음을 가슴에 품고서.

그리고 나 자신에게도 이렇게 말해주곤 해.
"원하는 것을 빨리 손에 넣지 못했다고 가던 길에서 발걸음을 바로 돌릴 거니? 좌절만큼 위험한 것이 오만이야.

유명하지 않다고 자괴감을 가질 필요도 없고, 조금 이름을 얻었다고 오만해질 필요도 없어. 내가 부족해서겠지만 나는 급히 높은 곳에 오르지 못한 것에 감사해."

어떤 뮤지션은 이런 말을 하더라.
"내 인생의 실패는 너무 빨리 성공한 것이다."

쓸데없는 일에 감정 소모하지 말기를. '결국 내게 무엇이 남을 것인가' 생각해보면 답은 쉬우니까. 다른 일들에 감정 소모를 하면서 남 탓만 하는 것은 아마추어야.

인생에는 총량의 법칙이 있지. 계속 위에 있을 수도 계속 아래에 있을 수도 없어. 남이 가진 것이 나에게는 없지만, 남에게는 없는 것을 나는 가지고 있을 거니까. 잘 생각해보면 말이야.

누구나 그런 날이 있어. 힘 빠진 날, 왠지 나 빼고 남들은 다 행복해 보이는 그런 날. 하지만 다들 각자의 십자가를 지고 묵묵히 길을 걸어가는 거지. 여러 개의 가면을 쓰고. 그 가운데서 모래알 같은 자기만의 행복을 찾는 것, 그것만이 우리를 구원하는 노래가 될 거라고 믿어. 모든 것이 변해도 변하지 않는 그것, 내 삶은 내 선택과 책임으로 구성되어 있다는 단순한 진리처럼 말이야.

현재 너에게 구원은 무어라고 생각해?

변하지
않는 것

\#
현
우

저는 어렸을 때

나뭇가지도 먹어보고 나뭇잎도 주워 먹고

열매도 깨물어보고

무언가를 많이 먹었던 것 같아요.

얼마 전에 산책을 하다가 소나무 껍질을 먹어보았는데

여전히 그 맛이었어요.

요즘 제게는 울과 슬픔의 나날이 계속되고 있는데요.

슬픔으로 짙어진 어둠 같은 것들을

시로 이야기할 수 있다는 것이

때로는 감사한 일이구나 생각이 들어요.

그렇지만 변하지 않는 건
이 길고 긴 아픔 속에서
우리의 삶을 더욱 견고하게 하는 것은
결과가 아니라
과정이라는 것을 잊지 않으려 합니다.

나이가 들면서
나와 잘 지내지 못했던 시간들이,
슬픔을 디뎌야만 알게 되는 것들이
너무 많다는 것도요.

이것들 모두 총량의 법칙이겠지요.
그래서 저는 우리의 슬픔과 기쁨을 모두 다 쓰기 전에
우리의 지금 모습이 어떻든 간에
최선을 다해서 살아 있어야 한다고 생각해요.

잠 못 드는 밤이 와도
한 번의 아픔으로 쓰러지지 말 것.

늦어져도 좋으니 포기하지 말 것.
톡, 먼지 털어내듯이
슬픔을 그런 것으로 생각할 것.

몫

살아남은 자들은 더 잘 살기 위해, 더 안전해지기 위해
그들의 죽음을 해석한다.
_〈무브 투 헤븐〉

눈꺼풀은 꿈의 두께와 같다.
깜빡이면 끝이겠지만

식탁 위, 유리병에 잠긴 포도 알을
푸른 눈동자로 건져 올린다.
금방 태어날 것 같은 가재 알,
깨지 않으면 살 수 없는
잠의 몫을 생각한다.
나는 눈보라 치는 너의 숲으로 들어간다.

두 손 가득 흰 눈을 퍼 올리고

아른거리는 것을 망설인다.

손바닥으로 햇살을 가리면 울음이 만져진다.

사람은 어떻게 죽어가는지 궁금해,

크로키,

창은 열려 있고

흰 문조 떼가 머리를 이유 없이 부딪친다.

목을 가누지 못하는 것들은 슬프지,

무릎을 꿇고 겸손히 둘러앉으면

서서히 금이 가는 유리창,

폭설, 가지런한 숲을 지나는 목소리로

돌림 노래를 부른다.

너를 설명할 수 없어서,

무게 없는 꿈을 저울에 달면 시계가 돌지 않는다.

빛에 슨 저 녹은 누구의 몫일까

수건 돌리기,

누가 오고 갔는지 모른 채,

나는 없는 방향에서

목숨을 훔치는 술래 찾기.

원을 그리는 숲 위로 기린이 솟아 있고

목을 건 꽃들이 부러진다.

마음은 운 흔적 위로 멍든 빛깔에 가깝고

눈물은 내가 나를 찌르지 못하는 무채색 둥근 못.

꿈의 결말은

내가 깨트리고 나오는 유리 감옥,

목 없는 기수들이 버리고 달리는

창.

속눈썹은 꿈 바깥을 뜨고

영혼은 손이 베이지 않는 시간을 딛는다.

주검은 한 손에서 가볍다.

기울어지는 왼손에서

이파리가 비스듬히 잎맥을 글썽인다.

오른 손금 끝,

빛은 한 올씩 풀릴 뿐.

투명해지기 위해 목을

꿈속에 넣다 보면

어느새 늘어나 있는 긴 옷소매.

돋보기로
햇빛 모으기

신수초등학교 후문에는 간판 없는 떡볶이집이 있어.

언젠가 가수 시와가 떡볶이를 좋아하는 나에게

"언니가 여길 모르면 안 되지요" 하며 데려간 곳.

작은 단층 구옥의 뒷문,

늘어진 플라스틱 발을 걷으며 들어가

오래된 나무의자에 자리를 잡으면

무심한 듯한 목소리가 들려와.

"삼천 원? 오천 원?"

내가 잠시 망설이자,

"처음 왔어요? 그럼 그냥 삼천 원 먹어봐" 하더니

단골인 시와에게는 오천 원짜리 큰 대접을,

나에게는 삼천 원짜리 작은 대접을 주시는 거야.

놋그릇에 나온 떡볶이, 가위랑 숟가락. 그게 다였어.

가위로 떡을 잘라

숟가락으로 국물과 함께 떠먹는 방식이었는데

처음 한 숟가락을 입에 넣었는데, 뭐랄까, 무맛?

맛 자체가 없는 느낌의 떡볶이였어.

그런데 그게 그다음 날부터 그렇게 생각이 나는 거야.

관심이 생긴 다음엔 관찰의 단계가 오듯이,

인터넷을 열어 그 집에 대해 정보를 찾아보았지.

이미 오십 년 가까이 그 자리에서 영업을 하는 노포였어.

생각해보니 그때 내 옆자리에는

혼자 온 아주머니들이 서로 대화를 하고 있었지.

"몇 살 때부터 오셨어요? 나는 한 사십 년 됐어요~"

서로 초등학교 때부터 다닌 무용담을 늘어놓는 가운데

'아니 이게 무슨 맛이냐⋯⋯' 하며 먹던 내 모습이 떠올라.

내가 알아낸 비결은, 좋은 고춧가루와 좋은 소금.

이 두 가지였어.

선택과 집중으로 살아낸 오십 년인 거지.

그 집은 요즘에도 종종 들러.

물론 이제 나는 오천 원 손님. ^^*

어떤 식당은 메뉴가 한 육십 개 되는 집이 있잖아~?

아무리 생각해도

'와, 주방에서 저걸 어떻게 다 하지?' 하는

의심이 먼저 들고 결국 답을 찾지.

'아, 거의 다 냉동식품이구나?'

역시나 맛은 쏘쏘.

뭐든 하나만 우직하게 지키는 일엔 용기가 필요하지.

수많은 일 중에서 하나에 집중하기.

모든 것에 시도해볼 수는 있지만

모든 것에서 다 최고가 되긴 어렵지.

경험주의자인 나로서는 이 말을 해주고 싶어.

해보고 싶은 모든 것을 경험해보되

결국 자기만의 무기를 찾아내야 한다는 것.

일에서 내가 원하는 포지션은 이거야.

'대체 불가능한 사람'

어렸을 적에 운동장에서

돋보기로 햇빛 모으기 놀이, 많이 했었지?

그때를 돌아보면

포커싱을 작게, 디테일하게 집중하면 더 잘 타올랐어.

무언가를 얻기 위해서는 무언가를 포기하기도 해야 해.

양손에 금을 가득 담고서는 무거워서 오래 못 걸으니까.

그 포기는 결국 내게 맞는 '선택'을 위한 거야.

아름다운 포기겠지.

그나저나, 돋보기로 종이 태워봤지?

어떤 기분이 들었어?

달고나

현
우

돋보기로 제일 많이 태웠던 것이
달고나였어요.

제가 다닌 초등학교 앞에
달고나 할머니가 계셨거든요.
찍혀 있는 모양대로 달고나를 부수면
세 배의 가격을 다시 돌려주는데
가장 고난도의 모양이 별 모양, 새 모양이 아닌
사람 모양이었어요.
사람의 목 부분이 굉장히 얇게 찍혀 있다 보니

목 부분에서 부러져버리고 말거든요.

그래서 제가 머리를 쓴 게

목 부분을 돋보기로 녹인 다음

혀로 아주 천천히 녹였는데

아주 적은 확률로 성공할 때가 있었답니다.

어린 제게는

열 개 중에 하나가 성공할까 말까 하는 작업이었어요.

생각해보면

무언가를 해내는 방식을

달고나를 만들면서 배웠던 것 같아요.

달고나가 무엇이라고 시소 앞에 쪼그려 앉아서

몇 시간을 그렇게 했던 제 모습을 생각하니

귀엽기도 하고 부끄럽기도 해요.

도전이라는 걸 생각해보면

달콤하기도 하고 두렵기도 합니다.

여러 번 실패할 것을 알고

돋보기를 드는 일 같아요.

타버릴 수도 있고,

녹아버릴 수도 있지만,

또 멋지게 성공할 수도 있으니까요.

청춘

동
희

얼마 전 송골매의 공연에 갔었어. 친구가 자기 자신에게
주는 생일 선물로 송골매 공연 티켓을 두 장 샀다며 나에
게 같이 가자고 했지. 초등학교 때부터 송골매의 노래를
듣고 자란 나는 거의 모든 곡을 다 외우고 있거든. (아니,
입력된 거라고 해야겠지.)

초등학생 때 〈젊음의 행진〉이라는 음악 프로를 보다가
내가 좋아하는 배철수 님의 노래 〈빗물〉의 전주가 흐르
기에 설레는 맘으로 텔레비전 앞으로 바짝 다가앉았는
데, 그 순간 배철수 님이 직각으로 훅 넘어지시는 거야.

꺅 – 소리 지르고 막 난리가 났어. 방송 사고지.

알고 보니 감전 사고였어. 기타를 잡은 왼손에서 마이크를 잡은 오른손까지 심장을 통과해 전류가 흐른 거야. 무슨 일 났겠다 싶어 몹시 걱정했는데, 다행히 배철수 님은 회복하셨어. 어린 나이에 그 모습이 불사조처럼 보였어.

송골매 공연장에 온 관객들이 평균 연령 오륙십은 돼 보였지만 삼십팔 년 만에 열리는 송골매의 처음이자 마지막 콘서트에 모두들 한껏 들뜬 듯이 보였어. 친구와 나도 마찬가지였고.

내 추억의 노래들을 모두 들을 수 있다는 것만으로도 더 바랄 게 없다고 생각했는데, 막상 공연장에 들어서니 해외 아티스트를 방불케 하는 규모와 조명, 사운드, 미디어 장비와 꽉 찬 관객들에 가슴이 엄청 뛰는 거야. 아이처럼 흥분한 초등학생 조동희가 거기에 앉아 있었다니까.

공연 시작과 함께 타임머신으로 우리를 안내하는 영상이 나오고 배철수, 구창모 두 분이 양쪽에서 나오며 크로

스! 한때 밴드 해체와 함께 불화설이 루머로 돌았었기에 더 찡했지.

그러고 나서 바로 그 익숙한 기타 리프~! "짜자자잔짜 자자자잔~ 어쩌다 마주친~" 하며 삼십 년 전과 전혀 다를 게 없는 그 목소리가 공연장을 가득 채우고, 관객들은 처음부터 끝까지 감사한 마음으로 두 시간 사십 분을 함께 공연했어. 거의 첫 곡부터 끝 곡까지 모두가 따라 불렀으니 공연 맞지. ^^

연주자들도 국내 최고였으니 연주는 말할 것도 없고, 배철수 님의 목소리도 시간을 충분히 거스를 정도로 멋있었어. 마치 핑크 플로이드 공연을 보는 기분이었어.

집에 돌아오는데 그 흥분이 가라앉지 않았고, '아…… 이렇게 멋진 록밴드가 있었는데 나는 추억 속에 그 좋은 노래들을 덮어두고 살았구나' 싶었지.

그날로부터 한 달이 지났는데도 나는 아직도 자주 송골매의 노래를 들어. 당시 세련된 편곡을 들려주려고 노력했을 그 청년들의 모습이 보이는 듯해.

배철수 님의 영상들을 찾아보며 의외의 수확이 있었어.
내가 늘 하는 말 생각나니? 그 말씀을 하시더라고.
"쌀로 밥 짓는 얘기 하지 마라."
하나 마나 한 얘기 뭐 하러 하느냐는 거지.

영혼 없는 위로나 틀에 박힌 희망 강박, 착한 사람 콤플
렉스에서 오는 거짓 공감 같은 건 마치 수만 개의 똑같은
가사 위에 똑같은 가사 하나를 더 얹는 것과 마찬가지로
내가 싫어하는 거야.

무난하게 평범한 사람 말고, 자신만의 것을 가진, 대체
불가능한 사람.

배철수 님의 삼십 년 디제이 장수 비결은 그 지혜를 일찌
감치 깨달으신 것, 그리고 자신의 위치보다 낮추어 자리
하는 겸손함, 칸트라는 별명이 붙을 정도의 일관적인 생
활 패턴. 그런 걸 시스템이라 부르지. 자신의 삶을 주도
적으로 이끌고 조각해가는 시스템.

"돌아올 수 있는 한 가장 멀리까지 가봐라."
믹재거의 말을 인용하시기도 했는데, 이건 너무나 공감
되어서 내 메모장에 바로 적어놓았어.

'젊음'이란 물리적인 것이고, '청춘'이란 그 영혼의 상태
인 것 같아.

역시 모두가 좋아하는 사람은 다 이유가 있다니까. 나도
반짝이는 은발을 날리며 좋은 영향을 주는 사람으로 나
이 들어가고 싶어. 세월은 원망할 것이 아니라 감사해야
할 선물 같은 것이니까.

자, 오늘 이 노래 어때?
〈나는 세상 모르고 살았노라〉

근데 너, 송골매 아니? ^^

너는
모른다

\#
현
우

제가 나이가 들면

꼭 백발인 그대로 멋지게 늙어야지 생각했던

롤모델이 배철수 아저씨였어요.

나이가 들수록 더 멋있어지는 목소리하며

한때는 바람에 흩날리는 백발이 너무 멋있어서

나도 빨리 저렇게 나이 들고 싶다고 생각한 적이 있어요.

예전에 전국을 충격에 빠트렸던 감전 사고에서

배철수 아저씨가 심장이 튼튼해 살았다고 한

기사를 본 적이 있는데요.

아마 배철수 아저씨가

다른 사람들과 다른 심장을 가지고 있어서
그 멋짐이 나오는 것이 아닐까 추측해봅니다.

저는 〈나는 세상 모르고 살았노라〉를
김소월의 시로 알고 있었는데,
노래를 들으니 예전에 들었던 기억이 났어요.

사랑이라는 단어를 떠올렸다가,
세상 모르고 살았던 것들이 무엇이 있나
곰곰이 생각해봤어요.

우리를 그렇게 아프게 했던 것들이
아무렇지 않게 다가오는 날이 꼭 있다는 것,
흉터 자리를 볼 때마다
기억들이 가물거리며 찾아온다는 것,
그러니 익숙한 상실은 없다는 것,
나를 완성시키는 사랑이
또 나를 미완성으로 만들어버린다는 것.

너는 모른다

너는
첫눈으로 휘갈겨 쓴 편지 같다

창가에는 네가 모르게 축문처럼
눈이 쌓이는 저녁을
빛이 들지 않는 방에서 엎드려 울 때
너의 등 뒤로 천사가 불고 가는 입김을
너는 모른다

눈 오는 거리를 서성이다 내내 기다려도 오지 않을
그 사람의 마음을
너는 모른다
애인과 밤새 술잔을 기울이며 이야기하던
시를
추억은 아무런 힘이 없다는 말과
너를 기다리는
엄마들은 더 영원한 마음으로 늙어버리고
저 먼 곳에서부터 와

걸어서 오는 인간의 슬픔을

너는 모른다

눈 오는 밤 사랑을 나누고

고백하지 못한 한 사람의 마음을

이제는

오지 않을 사람은 아무리 기다려도 오지 않고

네 모든 것을 맹세하던 도시의 불빛 아래

버려진 너의 사랑을

너는 모른다

언 손 위로 눈을 털고 있는 네가

가장 아름다운 한때를

너는 모른다

오늘부터
행복한
나

\#
동
희

앨범 작업을 할 때나 급한 글 작업이 있을 때, 나는 며칠
간 밖에 안 나가고 집에서 일하고 자고 하는 편이야. 요즘
에는 밖에 나가지 않고도 먹고 싶은 걸 다 주문해 먹을 수
있고, 필요한 물건이 있으면 없는 게 없는 온라인 마켓에
들어가 주문하기까지 몇 분 걸리지 않고, 다음 날 자고 일
어나면 물건이 집 앞에 딱 도착해 있고, 보고 싶은 건 다
유튜브로 볼 수가 있더라. 정말 편리한 세상이야.

우리의 삶은 갈수록 편리해지고 고퀄리티로 변해가는
데, 문득 돌아보면 복잡해져 가는 시스템, 수많은 관계

속에서 생긴 오해들에 지쳐가는 내 모습을 발견하기도
하지.

나는 예민함을 잘 감추는 편이야. 거짓으로 숨기는 건 아
니고 굳이 말해야 할 것이 아니면 좋게 해결해서 넘기는
편이지. 하지만 임계점이 다가오면 누구보다 내가 잘 알
아. 이번엔 그냥 넘기기 어렵겠구나 싶을 땐 작게라도 내
가 나에게 보상을 해줘. 그렇지 않으면 내면 아이가 억울
하고 힘들다고 스트라이크를 할 거 같거든.

얼마 전에는 일을 핑계로 출장 기간을 늘려서 여행을 한
적이 있어. 파리 – 모로코 – 스페인, 길목마다 친구들이
반겨줄 거라는 생각을 하니 너무 설렜어. 〈오늘부터 행복
한 나〉 가사는 모로코 탕헤르에서 마라케시로 가는 기차
에서 완성했어. '오늘부터 행복'할 준비를 다 마친 마음
으로.

잠시 모든 걸 벗어나 마음속의 자신을 만나보자는 속삭
임, 작은 꽃에서 우주를 발견하자는 매일의 다짐 같은 노
래지.

오늘부터 행복한 나

달빛 내리는 밤 난 또 얘기하지
떠나고만 싶어 밝은 빛 너머 어딘가로

지친 사람의 숲 엉킨 오해들로
머뭇머뭇대던 여기를 떠나
내 안의 나를 만날래

민트빛 바다로
투명한 저 바람 따라
좌표는 난 몰라
내 마음이 흐르는 곳

지구는 돌아가
한동안 나 없다 해도
주문을 외워봐
오늘부터 행복한 나

그저 웃어넘길 많은 후회들을

그렇게 꼭 안고 한숨만 지며 그러진 마

하루를 산다 해도 세상 끝인 듯이

작은 꽃 하나에 우주를 보듯 나 살아갈 거야

민트빛 바다로

투명한 저 바닷바람

좌표는 난 몰라

내 마음이 흐르는 곳

지구는 돌아가

한동안 나 없다 해도

주문을 외워봐

오늘부터 행복한 나

달빛 내리는 밤 난 또 얘기하지

떠나고만 싶어 밝은 빛 너머 어딘가로

지친 사람의 숲 엉킨 오해들로

머뭇머뭇대던 여기를 떠나

내 안의 나를 만날래

하루 산다 해도 세상 끝인 듯이

작은 꽃 하나에 우주를 보듯 행복한 나

_2022, 이효리, 〈오늘부터 행복한 나〉

너는 언제 행복을 느껴?

네잎클로버

스마트폰 하나면 모든 게 해결되는 시대에 살고 있지만
추억과 기억들은
스마트폰 없던 시절에 더 많았던 것 같아요.

크리스마스 카드를 쓰는 것이 연례행사 같은 것이었는데,
스마트폰이 생겨나니까
이제 저도 편지 쓰는 일이 어색해진 거 있죠.

저도 예민함을 잘 감추는 편인 것 같아요.
아니, 평상시에는 잘 감춘다기보다는

약간 둔감하다고 해야 할까요.

시를 쓸 때는 연필 끝을 굉장히 뾰족하게 갈아내듯이
그런 날이 서 있는 감정으로 쓰곤 해서,
아무도 없는 곳으로 가서 시를 쓰고 돌아와요.

시를 쓰고 있을 때는 세잎클로버 숲에서
네잎클로버를 찾는 느낌이에요.
처음부터 없는 네잎클로버를요.

세잎클로버 뜻이 행복이고,
네잎클로버 뜻이 행운이라는 뜻이라서 더 그런지,

어렵게 시를 완성해놓고 나면
네잎클로버를 찾은 것처럼 반짝반짝하게 느껴지다가도
왜 네잎클로버처럼 소중하게 느껴지지 않는 거지 하며
제 시에 대한 평가를 계속하는 것 같았어요.

어느 순간에는 신이 저를 내려다보고 있다면
제가 세잎클로버를 들고 있든, 네잎클로버를 들고 있든

그게 그것인데 하는 생각이 들었어요.

세잎클로버이든 네잎클로버이든 꺾어서
옆 사람에게 나눌 수 있다는 것.
그것이 행복이든 행운이든
그것이 작든 크든 위로를 건넬 수 있다는 것.
클로버들을 엮은 마음들을 나눌 수 있다는 것 자체로
또 기쁨이라는 생각이 드는 오후예요.

아이의 시

나는 노래도 동시처럼 부르는 걸 좋아하고, 시도 동시처럼 솔직하고 맑은 걸 좋아해.

어릴 때 나는 안데르센의 동화를 많이 읽었어.《인어공주》《백조왕자》《성냥팔이 소녀》《빨간 구두》《나이팅게일》《미운 오리 새끼》등. 다 너무나 좋아했지만 내가 가장 아끼는 동화는《눈의 여왕》이야.

그거 아니? 안데르센이 처음에는 시를 썼었대. 소설도 쓰고. 첫 소설 제목이《즉흥시인》이야. 그 후에 어린이들을 위한 동화를 쓰게 된 거지. 그것도 이백여 편이나.

안데르센을 좋아하는 이유는 흔히 말하는 권선징악이나 계몽적인 내용을 들려주는 친절한 할머니 같은 작가가 아니어서야. 우리가 꿈꾸던 환상의 세계로 손을 잡고 날아가주는 마법사 같았달까. 시를 썼던 마음이 담겨 있어서인지 그의 동화는 시 같기도 해.

시.
내가 오랫동안 작사를 하게 되는 에너지의 샘물.

나는 중학교 1학년 때 용돈으로 시집을 사던 문학소녀였지. 비 오는 날 괜히 시집을 가슴에 품은 채 거리를 걷고, 어느 처마 밑에서 빗물을 바라보며 한참을 서 있기도 하고. 내 첫 시집은 이해인 수녀의 《두레박》이었어.

시를 좋아하는 이유는, 그게 마치 우리의 삶 같아서야. 숨차게 100미터 달리기를 마치고 돌아보는 운동장 같은 것. 그 달려온 호흡의 그래프를 낱낱이 말하기는 쉽지. 하지만 노래가 되려면 침묵의 시간을 거쳐야 해. 침전물

이 가라앉을 때까지 기다려야 하지. 찌꺼기가 가라앉고
맑은 것만 떠오를 때까지.

그렇게 맑은 것만 떠낸 마음. 아이처럼 순수하게 쓰는 사
람. 올라브 하우게를 좋아해. 노르웨이의 울빅이라는 마
을에서 태어나 한곳에서 1994년까지 살았던 하우게는
원예학교에서 공부한 후 과수원 농부로 평생을 일했고,
거의 독학으로 배운 언어로 시를 읽고 번역했어. 언젠가
노르웨이에 가게 되면 그의 고향 울빅에 있는 하우게 센
터에 꼭 가보고 싶어.

올라브 하우게의 시들 중에서 내가 가장 아끼는 시는 이
거야.

어린 나무의 눈을 털어주다

눈이 내린다
내가 할 수 있는 것이 없다
춤추며 내리는 눈송이에

서투른 창이라도 겨눌 것인가
아니면 어린 나무를 감싸 안고
내가 눈을 맞을 것인가

저녁 정원을
막대를 들고 다닌다
도우려고
그저
막대로 두드려주거나
가지 끝을 당겨준다
사과나무가 휘어졌다가 돌아와 설 때는
온몸에 눈을 맞는다

얼마나 당당한가 어린 나무들은
바람 아니면
어디에도 굽힌 적이 없다 –
바람과의 어울림도
짜릿한 놀이일 뿐이다
열매를 맺어 본 나무들은
한 아름 눈을 안고 있다

안고 있다는 생각도 없이

_올라브 하우게, 《어린 나무의 눈을 털어주다》, 봄날의책

시인인 너는 어떤 시인을 좋아하니?

애도의

끝

#
현
우

누나, 제 유년을 옆에서 지켜주었던 동화가
《눈의 여왕》과 동주의 시집이었습니다.

《눈의 여왕》을 읽고 있으면,
눈의 여왕이 다락방에 있는 큰 창문을 열고
저를 데리러 와줄 것만 같았거든요.
그리고 동주가 썼던 알 수 없는 단어들을 읽어보면서
유년의 겨울 시절을 다락방에서 보냈지요.
남들이 보지 못하는 세상을 볼 수 있었던 것 같아요.
열 살이 되기도 전에

제 주변에 일어난 죽음들을 경험하면서
죽음이 그림자처럼 제 곁에 서 있던 것 같아요.

인간이 애도할 수밖에 없는 이유가 떠올랐어요.
겨울과 추위 앞에서 한없이 약해지는 한 사람의 마음이요.
개인이 가지고 있는 슬픔과 애도는
가늠할 수 없는 저 밑바닥의 어둠같이
너무 깊다는 생각이 들어요.

인간이기 때문에
끝없이 애도할 수밖에 없다는 생각에
이 밤이 너무 추워집니다.
눈이 내리는 풍경 사이로
사랑하는 사람들의 슬픈 얼굴들이
자꾸만 쏟아져 내립니다.
죽음의 세계로 건너갔음에도 앞으로 계속 사랑해야 하는
인간의 애도 방식이 끔찍하고 슬픕니다.

한 사람의 애도는
그 누구도 위로할 수 없는 것이고

친해질 수도 없는 것이며
머리 위로 끝없이 쌓이는 눈을 털어내는 일뿐이라는
생각에 잠이 오지 않아요.

오늘 새벽에
허수경 시인의 시집을 들고 나왔습니다.
빨간 신호등 앞에서
제가 접어놓은 페이지를 열어보았어요.
그리워할 대상이 없어도 슬퍼할 수 있는 인간이 되는 게
때로는 어렵다는 생각이 들어요.

포도나무를 태우며

서는 것과 앉는 것 사이에는 아무것도 없습니까
삶과 죽음의 사이는 어떻습니까
어느 해 포도나무는 숨을 멈추었습니다

사이를 알아볼 수 없을 만큼 살았습니다
우리는 건강보험도 없이 늙었습니다

너덜너덜 목 없는 빨래처럼 말라갔습니다

알아볼 수 있어 너무나 사무치던 몇몇 얼굴이 우리의 시
간이었습니까
내가 당신을 죽였다면 나는 살아 있습니까
어느 날 창공을 올려다보면서 터뜨릴 울분이 아직도 있
습니까

그림자를 뒤에 두고 상처뿐인 발이 혼자 가고 있는 걸
보고 있습니다
그리고 물어봅니다
포도나무의 시간은 포도나무가 생기기 전에도 있었습니까
그 시간을 우리는 포도나무가 생기기 전의 시간이라고
부릅니까

지금 타들어가는 포도나무의 시간은 무엇으로 불립니까
정거장에서 이별을 하던 두 별 사이에도 죽음과 삶만이
있습니까
지금 타오르는 저 불길은 무덤입니까. 술 없는 음복입니까

그걸 알아볼 수 없어서 우리 삶은 초라합니다

가을 달이 지고 있습니다

_허수경,《모두가 기억하지 않는 역에서》, 문학과지성사

지금 아니면
언제

동
희 후

동
희

시간이란 단어에는

언제나 '어느덧'이라는 부사가 따라다니지.

어느덧, 어느 사이인지 모르는 동안

시간의 배를 타고 주욱 앞으로 밀려온 기분이 들곤 해.

흔들리는 파릇한 파도를 건너

우리의 반듯한 이마에 주름이 질 때가 와도

우리는 세상을 다 안다고 말할 수 없을 거야.

아니, 자신의 마음조차 다 알지 못한 채 떠나는 것이

삶이겠지.

어릴 적 읽은 동화 속 파랑새처럼,
어딘가에 있을 거라 기대했던 행복이란 게
점점 달아난다고 느껴진 적은 없니?
나는 그럴 때면 내 마음속을 찬찬히 들여다봐.
내 마음이 무언가를 감추기 위해,
이스트를 머금은 빵 반죽처럼 부풀어 있지는 않은지.
그러면 담아도 담아도 허전할 테니.

땅에 발을 딛고 살아간다는 것.
무겁게만 느껴지는 뻔한 일상이
어쩌면 나의 중력일 수도 있다는 생각을 해.
나를 지탱해주는 무게 추.

어느 힘든 하루의 끝에서 이 생각을 하곤 해.
아무리 어두워도 밤이 계속될 수는 없다는 걸.

무릎 위 떨어지는 하루가 잠들고 나면
다른 하루가 깨어난다고.
그러니 후회 없이 사랑하라고.

지금 아니면 언제

어깨 위로 떨어진 별빛 한 조각
이렇게 또 하루 어제로 스밀 때

쓸쓸한 사람이여 그대의 노래는
낮고 또 작아서 들리지 않지만

고단한 마음 잠들면
어디에선가 바람이 불어와
깃털처럼 올려주오
바다 건너로 무지개 저 너머

그대 홀로 있을 때
슬픔을 모두 안을 수 있다면
그대가 깨어 있는
오늘이 바로 가장 멋진 그날

달이 뜨고 저물고 부르는 손짓에
온 힘을 다 모아 답하는 바다의 춤

어쩌면 기적이란

매일 만나는 순간 속에 있네

어린 새의 날갯짓

새 눈이 오른 겨울나무 가지

지금 아니면 언제

사랑한다고 말할 수 있을까

그대가 깨어 있는

오늘이 바로 가장 멋진 그날

그대가 깨어 있는 지금이 아니면

_2021, 장필순, 〈지금 아니면 언제〉

무브 투 헤븐

\#
현
우

다른 하루가 깨어나니 후회 없이 사랑하라는

누나의 편지에

벌써부터 마음이 뭉클해집니다.

후회 없는 삶을 산다는 게 가능할까요.

지금 이렇게 편지를 쓰는 시간에도

시간은 흘러가고 모든 게 제자리에 있는 것 같지만,

창밖의 나무들은

이파리들을 갈색빛으로 떨어트리기 시작했어요.

우리에게 주어진 시간에 대해서 생각해봅니다.

우리는 꽃으로 온 시간은 아니니
우리에게 주어진 몸을 생각해봅니다.
지금이라는 시간을 오롯이 느낄 수 있는 몸이 있기에
어디로든 갈 수 있겠지요.
예고 없이 찾아온 이별과 죽음들이
우리를 힘들게 하는 것은
만질 수 없음이 클 겁니다.

드라마 중에 제 인생작을 꼽으라면
〈무브 투 헤븐〉이라는 작품이에요.
세상을 떠난 이들의 마지막 이사를 도우면서
그들의 말을 대신 전달하는 이야기인데,
'지금'이라는 단어를 계속 떠올리게 했습니다.

누군가 그리고 우리가
천국으로 가기 전까지 살아 있는 동안에는
사랑과 슬픔을 끝낼 수 없음을.
만지고 싶고 한 번이라도 꽉 안고 싶은 그런 마음.
지금이라는 것을 가질 수 있는 우리이기에
온 마음을 다해 사랑하고 슬퍼해야 한다는 생각.

사랑하는 사람을 잃었을 때 찾아오는 상실과 슬픔은
영원히 지울 수 없는 것이니까요.
그 어떤 슬픔은 우리에게 영원히 머물러 있음으로
우리를 살아가게도 하니까요.

인간은 꽃이 피듯 다시 피어날 수 있는 존재가 아니므로
슬퍼하는 이 순간도 사랑이라 믿는 저는,
슬픔으로 가득할 수밖에 없는 애도와 눈물도
우리를 견디게 하는 추억의 편린들이라고 믿습니다.
지금이라는 슬픔에게 말을 빌려
결국 "그것은 사랑이야"라고 말하기를.
그 사랑이 우리를 넘어트리고 울리겠지만,
앞으로 다가올 수밖에 없는 슬픔에게
"너는 또 다른 사랑의 얼굴이야"라고 말하기를.

오늘 밤,
우리에게 다가올 수밖에 없는 슬픔에게
천사들의 호위를 담으며
마지막 편지를 보냅니다……

Angel eyes

나는 밤이었던가.
감기는 눈꺼풀이었던가,
그렇게 시작했던가,

지는 꽃이 더 아름다운 곳을
천국이라고 믿으면서
지워지는 슬픔과 지워지지 않는 슬픔에 대해 생각한다.
전쟁은 시작되었고, 피와 사체, 폭설과 별들,
인간 다음의 인간.

첫눈 같은 종말이 창을 흔들고
나는 천사에 대해 말할 수 있다.

천사는 나의 이마에 손을 짚는다.
내 안에 손가락을 넣으면
투명하게 쌓이는 촉감들
떨어진 날개들을 쓸어 모아도

부서진다.
완벽한 생을 살고 있다고 생각할 때
나는 언제부터 나였을까

목을 매는 저녁의 부엌.

죽어가는 사람 곁에서
매일 비행운을 생각하는 천사에게
침묵하기.

*

빛이 가진 질감은 인간에게 거칠다

완벽한 슬픔의 각도로
갇혀버린 두 빛.
울음이 언제 터트릴지 모를 두 개의 눈을
천사가 자꾸만 건드릴 때
슬픔은 몰래 쌓인다.
시간 차를 두면서
당신을 무릎을 꿇게 만든다.

내 숨이 꺼지기를 기다리는 천사가
나를 내려보고
그런 인간의 저녁 창은 왜 슬픈가.
기도밖에 할 수 없는
마음 위로 마음이 쌓인다.